KB128390

용병생활백서

용병생활백서 9

용병생활백서 9

초판 1쇄 인쇄일 2016년 10월 17일 | 초판 1쇄 발행일 2016년 10월 19일

지은이 주작 | **펴낸이** 곽동현 | **담당편집 팀장** 이범수
편집부 신연제 이윤아 홍현주 김유진 임지혜

펴낸곳 (주)조은세상 | 출판등록 제 2002-23호
주소 경기도 연천군 미산면 청정로 1355
TEL 편집부 02)587-2966 | FAX 02)587-2922
e-mail bukdu@comics21c.co.kr

주작 © 2016
ISBN 979-11-5832-673-9 | ISBN 979-11-5832-500-8(set) | 값 8,000원

※잘못 만들어진 책은 바꿔 드립니다.
※저자와의 협의에 의해 인지는 생략합니다.

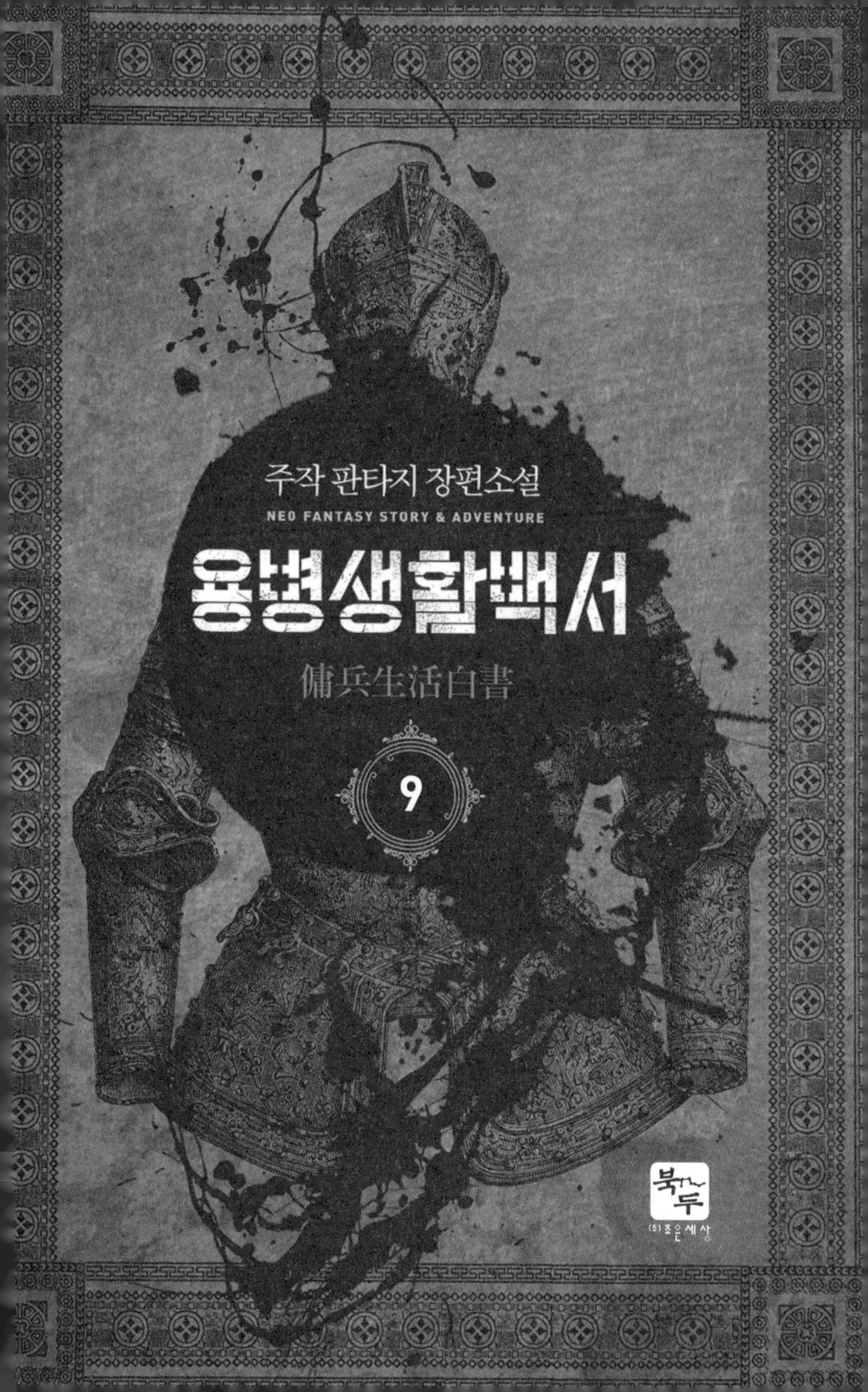

주작 판타지 장편소설

NEO FANTASY STORY & ADVENTURE

용병생활백서

傭兵生活白書

9

북두

(주)조은세상

CONTENTS

1. 스펙터. … 7

2. 첫 번째 별! … 55

3. 별의 바다. … 103

4. 별을 품은 검! … 161

5. 장난질. … 223

6. 버서커. … 269

용병생활백서

1. 스펙터.

1. 스펙터.

[용병왕!]

그 위치에 맞추듯, 레드문이라는 거대 정보단체가 도움을 주고, 루딘이라는 업계 최강급의 용병단이 지원을 해준다.

뿐만 아니라 다양한 세력 및 단체들이 알게 모르게 힘을 실어주고 있기도 했다.

하지만 한 가지 분명한 건, 그 모든 것들이 '그의 것'이 아니라는 점이었다.

어느 날 문득, 갑작스럽게 곁을 따르게 된 외부의 힘일 뿐이었다. 그 어떤 미사여구를 가져다 붙인다고 해도, 그가 쌓아올린 탑이 아니었다.

이제는 슬슬 '함께하는 미래'에 대해 고민하게 만드는 그녀, 셰릴의 존재가 '함께'라는 명목으로 레드문의 힘을 끌어다가 지원을 해 주고 있다지만, 결국 레드문은 셰릴 혼자만의 세력이 아니었다.

그 방대한 규모를 생각했을 때, 더더욱 레드문을 욕심내서는 안 되는 것이며, 그 도움에 안주해서도 안 된다.

이는 레일라 역시 마찬가지였다.

그녀가 드라필만의 힘을 은연중에 빌려준다고 할지라도, 결국 그곳의 주인은 드라필만의 가주였고, 그들의 힘은 더더욱 '그의 것'과는 거리가 멀었다.

알게 모르게 힘을 실어주는 다른 세력과 단체들도 마찬가지였다.

물론, 그가 초월자로 명성을 떨치고, 그로 인해 용병왕이라는 위치에 올랐기 때문에 더해지는 지원이니 만큼, 어찌보면 그가 이뤄낸 성과라고 생각할 수도 있었다.

'확실히 그렇게 생각하는 게 편하기는 하겠지.'

그렇지만 이 역시 그 개인으로 생각한다면, 결국 간접적인 힘일 뿐이었다.

'…부담되기도 하고.'

레드문과 같은 거대 세력들의 아낌없는 지원이 특히 그랬다. 셰릴의 감정을 알고, 그들이 용병왕의 존재로 인해 나름 얻어가는 게 있다는 것 역시 모르지는 않지만, 그래도 분명 감당하기 어려운 부분들이 존재했다.

그러나 분명 그 균형의 추가 일방적으로 기울어 있을 거라 여겼다.

때문에 생각했다.

[세력… 한 번 만들어봐?]

처음에는 조금은 장난처럼 떠올린 생각이었고, 스스로도 확신이 없고 자신감이 결여되었던 까닭에, 의문으로 시작되었던 '농담'일 뿐이었다.

하지만 이내 의문은 호기심으로 연결되었고, 점차적으로 이런저런 구상 및 계획들을 세우게 만들었다.

간단하게 생각한다면, 그가 지니고 있는 용병왕의 권한을 부린다면, 수많은 용병들이 몰려들고 단숨에 거대세력을 쌓아올릴 수 있을 터였다.

하지만 이는 그가 생각하는 한도를 넘어있었다.

'큰 건 필요 없어.'

세력이라는 걸 생각하긴 했지만, 솔직히 그가 감당할 수 없는 수준이나 규모까지는 상상할 수 없었다.

게다가 왕의 이름으로 모인 세력들은 결국 '모래성'일 뿐이라는 것도 모르지는 않았다.

'모를 수가 없지.'

오래도록 이 바닥을 굴러왔기 때문에, 더욱 잘 아는 것이다.

한 순간 끓어오르다, 오래지 않아 금세 식어버릴 게 분명했다. 왕의 이름으로 인해 모이기는 하겠으나, 지나친 통제가 이어진다면 오히려 왕의 존재를 부정하는 이들로 넘쳐나게 될 터였다.

그렇다고 모아놓고 그냥 되는대로 내버려 둔다면, 그 역시 문젯거리만 될 뿐이었다. 그런 의미에서 타협 가능한 경계선을 잡아야했다.

감당 가능한 영역!

[소수정예.]

딱 그 정도가 합당하다고 여겼다.

하지만 이런저런 구상들이 이어지는 것과 다르게, 실질적으로 이를 위한 행동을 한 적은 없었다.

게다가 맘에 드는 '인재'를 만나기도 어려웠다.

그런 이유로 생각은 생각으로 구상은 구상으로만 남게 되었고, 최근 들어서는 점차적으로 잊히고 지워지는 방향으로 흘러가는 중이기도 했다.

그러던 찰나에 만나버렸다.

'쓸…만한데!'

한 때, 암전에서 활동하던 경험 덕분인지, 이래저래 정보원을 볼 줄 알았고, 그 때문인지 눈앞의 요원의 능력이 어느 정도인지도 금세 파악할 수 있었다.

암전의 사냥개들을 지원하던 에던 역시도 어찌 보면 정보원과 같은 역할을 했던 까닭인지, 그 공부가 가볍지 않은 편이었다.

물론, 상대가 '암전의 요원'이라는 게 문젯거리가 될 수도 있었다.

하지만 에던의 느낌이 외쳐댔다.

[쓸만하다!]

괜찮다.

한 번 질러보라고 이야기하고 있었다.

"맘에 든다. 너 나랑 일 안할래?"

저도 모르게 그 같은 제안을 던져버렸다.

당황하는 요원의 얼굴이 보인다.

에던 역시도 당황했다.

내뱉고 나서야 그가 무슨 소리를 했는지 깨달았다. 하지만 그 같은 표정변화는 짧았다. 빠르게 감정을 추스르고 얼굴을 진정시켰다.

요원, 델론은 눈썰미가 뛰어난 정보원이지만, 그 같은 변화를 잡아내지 못했다. 당혹감에 평상심이 흐트러진 까닭이었다.

왜 그렇지 않겠는가.

대뜸 사신으로 여겨지는 사내가 찾아와 그에게 손을 내밀고 있었다.

서슬 퍼런 죽음의 낫이 목 언저리에 드리워져 있다고 여겼건만, 천사의 가호가 머리위로 떨어지고 있는 것이다.

환장할 부분은 그 와중에도 뒷목을 서늘하게 하는 감각이 남아있다는 점이었다. 말인 즉, 사신의 낫이 아직 거둬지지 않았다는 의미였다.

저 손을 잡아야 할까?

아니면 쳐내야 할까?

사실, 그의 성격을 생각한다면 고민 따위는 필요 없었다.

[안전이 제일!]

지금 그를 가장 위협하는 존재와 손을 잡는 것, 그게 최선의 선택이라는 걸 알고 있었다.

암전의 보복?

눈앞의 보복이 우선이었다.

'거절하면 죽는다!'

오랜 정보원의 감이었고, 안전을 추구하는 본능의 계시였다.

그럼에도 불구하고 선뜻 그 당연한 선택지에 발을 들이지 못하는 건, 암전의 요원으로써 활동하고 치열하게 발돋움해온 그간의 삶 때문이었다.

갈등과 고민 속에서 나직한 음성이 들려왔다.

"잡아."

사신의 한마디에 등줄기가 서늘해졌다.

덥썩!

본능이 움직였고, 어느새 그 손을 잡아버렸다.

"앞으로 잘 부탁한다."

그의 앞에서 마왕이 웃고 있었다.

황당하다고 해야 할까?

"그러니까… 뭐? 암전에서 활동하던 놈을 쓰겠다고?"

셰릴은 자신이 잘 못 들었나 싶어 재차 확인을 위해 물었고, 에던의 고개가 위아래로 끄덕여지는 걸 보며 제대로 들었다는 걸 깨달았다.

"미쳤니? 어디 아파? 제정신이야?"

짧은 순간 폭풍처럼 쏟아지는 질책에 에던은 귀가 따갑다는 생각을 했다.

확실히 그 역시도 실수한 건 아닐까 하는 생각도 들었지만, 선택 자체를 크게 후회하거나 하지는 않았다.

'델론.'

이번에 받아들인 암전의 요원을 떠올렸고, 자연스레 그와 마주하던 순간의 기억들로 이어졌다.

그는 분명 델론을 그 자리에서 처리할 생각이었다.

통신의 통제권으로 거둬들인 내용은 레드문의 도움으로 수정하여 다시 보낼 수 있으니 문제없었다.

몇 가지만 확인한 뒤 검을 뽑아들 생각이었다.

하지만 그의 얼굴을 확인하고 상대에게 정체가 발각되던 순간, 델론의 전신에서 피어나던 강렬한 의지의 물결을 봤다.

그건 생존을 향한 갈망이었다.

사신의 그림자를 벗어나기 위해 발버둥치는 그의 바람을 읽었다.

심연에 들어 심판의 권능을 일깨운 덕분일까?

그의 감각은 더더욱 선명하게 이를 보고 느끼며 깨닫게 만들어줬다.

[암전의 요원일 뿐, 암전의 사람은 아니다!]

기억하기로는 암전의 요원들은 철저히 교육을 받는다.

특히, 그게 정보와 관련된 요원들이라면, 더더욱 그 수준이 남달랐고, 그로 인해서 배신 배반이라는 단어와 멀어질 수밖에 없었다.

이 같은 기준점에서 봤을 때, 만약 델론이 암전의 사람이었다면, 그를 눈앞에 뒀을 때 '체념' 했을 것이다.

사신이며 마왕이었다.

그 앞에서 생존을 갈망하기란 어려운 일이었다.

물론, 생존을 기대하는 이들도 있을 수는 있었지만, 델론처럼 간절하게 바라고 또 소원하는 이들은 없을 거라 자신했다.

오히려 암전의 철저 혹은 처절한 교육에 의해, 일찌감치 혀를 깨물었을 터였다.

그 같은 상황에 대한 대비도 하고 있었건만, 델론은 죽음이 아닌 생존을 향한 간절함을 내비쳤고, 이 부분에서 에던은 그를 '쓸 만하다' 고 결정내릴 수 있었다.

정보원으로써의 능력 자체도 쓸 만하고, 생존욕구를 통해 그가 부릴 수 있을 거라는 부분도 쓸 만하다 여긴 것이다.

물론, 그저 이 같은 이유만으로 델론에게 손을 내민 건 아니었다.

짧지 않은 시간, 델론에게 작게나마 감탄했고 그의 능력을 인정했기 때문에 기회를 제공한 것이었다.

만약, 그 손을 뿌리쳤다면?

'뒈지는 거지!'

당연하게도 이 같은 설명도 함께 더했지만, 셰릴에게는 전혀 먹혀들지 않았다.

"너 지금 우리 애들 무시하는 거야? 왜 하필 암전이야? 하고 많은 놈들 중에서 암전이라니!"

변명이 통하질 않으니, 결국 그녀의 매서운 폭언들을 묵묵히 견뎌내야만 했다. 그렇게 얼마나 버텨냈을까?

에던의 얼굴이 핼쑥하게 변해갈 때가 되어서야, 겨우겨우 셰릴의 질책이 끝을 맺었다.

비록 쉴 새 없이 몰아붙였다고는 하나, 셰릴 역시도 에던의 말이 틀리지 않다는 걸 알기에, 잔소리 수준에서 끝을 맺은 것이다.

물론, 그 정신적인 타격감이 남다르기는 했지만, 실질적인 제재라거나 그의 행동방향을 돌리려는 태도를 취하지는 않았다.

'확실히… 레드문은 나 혼자만의 것이 아니니까.'

최초 여왕의 등장을 시작으로, 대대로 수많은 여왕들이

혼신을 다해 쌓아올리고 또 지켜온 거룩한 역사였다.

칠흑과도 같은 어둔 거리에서 고통 받고 또 외면 받는 여인들을 위해 세워진 자리이며 세력이었다. 개인을 위해 부리고 사용하는 건 그릇된 방향이며 그저 욕심일 뿐이었다.

에던의 선택이 옳다는 건 인정하지만, 단지 그 선택지에 암전이 끼어있다는 건 납득하기가 어려웠다. 그런 이유로 쉴 새 없이 퍼부은 것이기도 했다.

겨우 감정을 추스른 지금도 여전히 그의 선택을 인정하기는 싫었으나, 그에게도 계획이 있다는 걸 믿으며 한 걸음 물러난 것이다.

잠시간 호흡을 고르면서 감정을 삼켜내던 셰릴이 나직하니 물었다.

"생각해둔 이름은 있어?"

에던이 세우고자 하는 단체명을 묻는 것이었다.

"스펙터(Spectre)!"

그가 대답과 함께 히죽 웃었다.

"마왕이라면 공포가 뒤따라야 하지 않겠어."

때문에 '스펙터'를 떠올렸다.

"유치하기는…."

물론, 그의 미소가 꼴 보기 싫었던 셰릴은 단 한마디로 그를 격침시켰고, 에던은 결국 그대로 무릎을 꿇어야만 했다.

❖ ❖ ❖

[드래곤의 꼬리가 될 거냐, 와이번의 머리가 될 거냐.]

그가 남기고 간 말이 머릿속을 맴돌았다.

공포심에 손을 잡기는 했지만, 그게 진심이 아니라는 건 양측 모두 알고 있었다.

언제든지 배신과 배반의 시나리오를 완성시킬 수 있다는 의미였던 까닭에, '그'는 잡았던 손을 느슨하게 만들면서 그 같은 말을 남겼다.

때문에 고심했다.

"아니. 그래도 꼬리 정도는 아닌 것 같은데."

나름 노력을 아끼지 않았고, 지금은 정보원들을 관리하는 위치에까지 올라있었다.

'드래곤 항문 정도는….'

너무 깊이 생각하다 보니 방향성이 이상하게 흘러가고 있음을 깨닫고는 급히 머리를 흔들었다.

"쓰읍!"

골머리가 아팠다.

분명, 레드문의 요원들이 그를 감시하고 있을 거라 여겼다. 생각해보면 선택지가 일방적일 수밖에 없음을 알았다.

그럼에도 불구하고 도주하고자 한다면, 아주 방법이 없지는 않기도 했다.

때문에 더욱 머리가 아픈 것이다.

'미치겠네!'

왜? 어째서?

발길이 떨어지지 않는단 말인가.

'에던 운트….'

그에게 들은 이야기가, 그의 제안이 왠지 모르게 끌린다고 느껴버린 것이다.

"하아…."

덧없이 한숨만 깊어가는 밤이었다.

❖ ✛ ❖

궁금했다.

'신경 쓰이는 녀석이 생겼다고?'

딸처럼 키우고 아끼던 제자였던 만큼, 더더욱 궁금증을 참기가 어려웠다.

하지만 일단 참았다.

[그 나쁜 놈이 사라져버렸어.]

만날 수가 없었던 까닭이었다. 이후, 제자가 '세력'의 힘을 이용하여 남자를 찾기 시작했다.

말려야 할까도 싶었지만, 충분히 맡은바 역할은 다 하고 있음을 알았기에, 그 정도는 모른 척 넘어가 주기로 했다.

이후 간간히 듣는 소식을 통해, '그'의 능력에 감탄하고야 말았다.

'이놈… 이거, 보통 놈이 아니네.'

대륙 최고의 정보력을 자부한다는 '레드문'의 눈길을 그리도 잘 피해내고 있으니, 보통 수준은 충분히 넘어 있었다.

'이 정도면 보통 수준이 아니지.'

굳이 비유를 하자면, 도주 및 은신의 영역에서 별빛을 품었다고 해도 과언이 아닐 거라 여겼다.

호기심이 한층 커지는 순간이기도 했다.

그러나 꼬리가 길면 밟힌다고 하던가. 결국 레드문은 '그'의 흔적을 발견해 낼 수 있었다.

이 부분에서 또 한 번 감탄을 할 수밖에 없었다.

그저 '흔적'만 발견하고 끝이었던 까닭이었다. 실질적으로 그의 덜미를 잡은 건 아니었다.

지나간 거리 머물던 자리, 딱 그 정도의 영역으로써, 말그대로 뒷북만 치고 있었고, 이 즈음해서는 레드문의 요원들도 자체적으로 그를 찾는데 열을 내기 시작했다.

어찌 안 그렇겠는가.

[대륙최고!]

그렇게 자부하는 정보단체가 겨우 한 명에게 농락당하는 꼴이었으니, 열불이 나고 속이 끓는 건 당연한 수순이었다.

이 같은 노력이 빛을 발한 것일까?

아니면 '그'가 방심한 것일까?

느낌상으로는 전자보다는 후자 측이라는 예감이 강했지만, 어쨌든 결국 그를 찾아낼 수 있었다.

이후 몇 차례의 사건사고를 거치고, 제자는 그토록 바라던 그의 곁에 자리를 잡았다. 딸아이나 다름없던 제자가 한 남자에게 얽매인다는 모습에 심경이 복잡하기는 했으나, 그 행복을 빌어줄 생각이었다.

하지만 상상 이상으로 '그'는 보통 남자가 아니었다.

'초월자라니⋯.'

대뜸 별빛을 품었나 싶더니, 돌연 용병들의 왕이 탄생했다는 외침이 세상을 떠들썩하게 흔들어 놨다.

거기서 끝이 아니었다.

[좀 더 강해지고 싶어요!]

제자아이가 다시금 수행을 하겠다며 찾아온 것이다.

'별의 너머라니⋯.'

황당하게도 '그'가 그녀도 아직 도달하지 못한 영역에 발을 디뎠다는 것이다.

경지에 이른지 얼마나 됐다고, 벌써 넘어선단 말인가.

'말도 안 돼!'

믿을 수 없고, 믿기가 어려웠다.

그래서일까?

결국 궁금증을 참지 못하고는 제자와 함께 다시금 세상으로 나와 버렸다.

잊혀진 여왕의 외출이었다.

'맙소사!'

그리고 '그'를 마주했을 때, 저도 모르게 탄성을 내지르고야 말았다.

'…별빛 너머인가.'

다행이라고 한다면, 스승이라 할 수 있는 '헤일러'의 존재로 인해, 그 충격을 일부 완화시킬 수 있었다는 점이었다.

에던 이전에, 이미 그 경지에 발을 들인 존재가 바로 헤일러였던 까닭이었다.

한 차례 충격을 받았던 과거가 작게나마 도움이 된 것이다.

제자의 이야기를 들었을 때는 쉬이 믿기가 어려웠지만, 직접 마주한 이상 더는 의심할 수 없었다.

'과연….'

새삼스레 제자를 바라보는 그녀의 눈빛에 자부심이 어렸다.

'괜찮은 놈을 잡았구나!'

누구 제자인지 참 눈썰미가 좋다고 여겼다.

게다가 며칠 겪어보니 그 성격도 나쁘지 않았고, 여동생을 대하는 모습에서 상당히 가정적인 면모도 엿보인다는 걸 깨달았다. 여러모로 만족스런 모습이었다.

덕분에 하루가 다르게 기분이 좋아졌다.

단,

'저놈만 아니었으면, 정말 최고였을 텐데!'

잊혀진 여왕, 체녠의 시선이 저 한편으로 돌아갔다.

[루드말 드라필만!]

문득, 그가 고개를 돌리는 게 보였다. 그러다 둘의 시선이 맞닿았고, 체녠의 표정이 와락 구겨졌다.

홱 하니 고개를 틀며 발길을 돌린 그녀가 건물 안쪽으로 들어갔다.

루드말은 쓰게 웃으며 체녠의 뒷모습을 바라봤다.

'허… 성질머리 하고는.'

과거, 좋지 못한 결말로 인해 서로에게 앙금이 있다고는 하나, 그들이 서로를 마음에 품었던 사이라는 건 분명했다.

여전히 그 같은 감정의 잔재가 남아서 표류하고 있었고, 그 때문에 체녠이 더욱 격한 반응을 보이는 것 역시 모르지는 않았다.

루드말도 그녀와 비슷하기에 더더욱 모를 수가 없었다.

단지, 그들 사이의 차이점이라면 서로에게 반응하며 내비치는 온도차 정도였다.

한 쪽은 서늘하게 한 쪽은 뜨겁게!

쓴웃음과 함께 고개를 절레절레 흔든 루드말이 고개를 돌려 연무장으로 시선을 보냈다.

뒤이어 입가에 어린 미소가 부드럽게 풀려갔다.

[루드 그리고 리아.]

검술원의 유일한 학생들이 배움에 빠져있는 모습이 보였는데, 그 앞으로 가르침을 전하는 강사의 모습이 매우 흥미로웠다.

[레일라 드라필만!]

심히 과하게 마법사적인 특징을 타고나, 심각할 정도로 폐쇄적인 그의 딸아이였다.

헌데, 설마하니 그런 딸아이가 누군가에게 가르침을 전하는 모습을 보게 될 줄이야. 정말로 상상도 못한 광경이었고, 그 때문에 더더욱 기분이 좋아지는 풍경이었다.

딸아이가 가르치는 공부는 가장 그녀다운 것이었다.

[마법학!]

비록 이곳이 검술원이라고는 하나, 어찌 되었건 가르침을 전파하는 곳이었고, 그런 이유로 검술 외에도 다른 공부가 전해지기도 하는 것이다.

실제로 여타의 검술원에서도 곁다리로나마 검을 제외한 공부들을 전하고는 했는데, 대개 용병들이 자주 들락거리는 검술원의 특성상, 그 바닥에서 생존에 필요한 공부들을 몇몇 주로 언급하고는 했다.

당연하게도 거기에 마법학은 존재하지 않았다.

기본적인 변장 및 은신의 방법이라거나 경계에 대한 방법 같은, 주로 전장과 관련된 공부들이 주를 이루고는 했다.

그런 의미에서 레일라의 마법학은 조금 특별한 것일지도 몰랐다.

마나를 다루지 못하면 마법을 익힐 수 없고, 그런 이유로 더더욱 검술원에서 마법학을 가르치는 경우는 없었다.

그럼에도 불구하고 마법학을 전한다?

루드와 리아가 마나에 대한 자질을 보인 것일까?

그건 아니었다.

이유라면 간단했다.

[마법학을 가르쳐줘.]

에던이 직접 부탁한 까닭이었다.

[아는 만큼 보이는 법이야.]

그 같은 주장과 함께 레일라에게 머무는 동안만이라도 마법학에 대한 공부를 전해달라고 했다.

에던도 마나를 모르지만, 마법은 사용할 줄 알았다.

[마도구와 아티팩트!]

비록 마나를 모르더라도 곁다리로나마 마법을 부릴 수 있는 신기가 있었고, 이를 통해서 신비를 부리는 것이다.

간접적으로 도움을 얻어서 발휘되는 마법이었지만, 그나마도 마법학에 대한 개념이 잡혀있지 않다면 제대로 활용하기가 어려웠을 터였다.

참신하다면 참신할 에던의 이야기와 주장 그리고 경험담을 들은 레일라가 고개를 끄덕였고, 검술원은 마법학이라는 새로운 수업을 추가하게 되었다.

여기까지만 해도 충분히 의외라 할 수 있는 상황이었지만, 진짜는 그 다음에 있었다.

'나중에 아카데미 측에 자리라도 알아볼까?'

지켜보던 루드말로 하여금 이런 생각을 하게 만들 정도로 레일라가 아이들을 가르치는 실력이 뛰어났다.

'이런 걸 눈높이 교육이라고 하는 거겠지?'

아이들의 시점에 맞춰 어려운 문장보다는 쉬운 단어와 내용 그리고 이야기로써 학문을 풀이하며, 아이들의 이해력을 돋우고 있었다.

물론, 그렇다고 해서 내용이 그저 쉽기만 한 건 아니었으나, 그 정도는 아이들 스스로 감당하기에 충분했다.

루드는 소영주로써 상당한 교육을 받으며 자라왔던 경험이 든든한 뒷받침이 됐고, 리아의 경우에는 어린 시절부터 세상에 나와 가장의 역할을 했던 경험이 여러모로 도움이 되어줬다.

게다가 이런 아이들의 모습에 레일라가 틈틈이 어려운 내용들을 집어넣으며, 조금씩 수업의 수준을 올린 것도 아이들의 성장에 도움이 되었다.

그러다가도 막히는 모습을 보이면, 잠시 여유를 둔 채 아이들이 깨우칠 수 있도록 수업의 흐름을 유지하기도 했다.

너무도 능숙한 그 모습에 절로 탄성이 나올 정도였다.

특히, 그 역시도 가문의 기사들을 가르치며 수차례 지도자의 입장에 서 봤던 까닭에, 더더욱 딸아이의 모습이 놀라운 것이었다.

방 안에서 나올 생각을 안 하던 딸아이가 이처럼 밖으로 나와 세상과 마주하고, 거기에 더해 누군가를 가르치는 모습을 보고 있노라니 미소가 절로 나올 수밖에 없었다.

그런 의미에서 한명, 생각나는 사람이 있었다.

'…에던.'

만약, 그와의 만남이 없었더라면 어떻게 되었을까?

'여전히 방 안에만 있었겠지.'

충분히 짐작되는 부분이었다.

드라필만의 일원으로써 전쟁에 한 발 담그기는 했을 것이나, 딱 거기까지가 끝이었으리라.

이렇게 세상에서 활보하는 모습은 상상되지 않았다.

'그나저나…'

최근 에던의 행보가 떠올랐다.

'…세력이란 말이지.'

작게나마 들은 것들이 있었다.

'소수정예로 이뤄진 단체라…'

그 구성원을 어떻게 계획하고 있으며, 어떤 방식으로 활동을 하려는가에 대해서 아는 건 없지만, 분명 심상찮은 집단이 될 거란 예감이 들었다.

[용병왕!]

그 이름아래 모일 실력자들은 많았다.

하지만 그런 이들을 배제하며, 순수하게 그 스스로의 눈과 경험 그리고 생각을 통해서 직접 구상을 준비하고 있다고 들었다.

초월자의 감각만으로도 특별하다 할 수 있건만, 그는 무려 별빛 너머의 존재였다.

그 본연의 능력만으로도 진짜와 가짜를 구분하기에 부족하지 않을 터였다.

뿐만 아니라 오랜 용병생활을 통해, 그 본연의 보는 눈도 만만치가 않았으며, 다양한 경험으로 인해서인지 은연중에 지닌바 정보 역시도 상당했다.

'왠지….'

기대가 된다고나 할까?

특히, 그 첫 번째 구성원으로써, 적대 세력인 암전의 요원을 끌어들였다는 부분이 상당히 파격적이었다.

출발점이 특이한 까닭인지, 더더욱 다음이 궁금해질 수밖에 없었다.

'스펙터라….'

그에게 들은 단체명이 메아리마냥 귓전을 아른거렸다.

❖ ✛ ❖

[소수 정예!]

에던이 구상하는 '스펙터'의 모습이었다.

당연하게도 그 인원수가 적은 만큼, 단결력은 남다른 그런 집단을 만들고 싶었다.

'…루딘처럼.'

업계의 살아있는 전설이라 불리는 루딘 용병단을 떠올렸다.

특히, 가장 결정적인 부분은 그들이 '단장'이 없음에도 불구하고 여전히 그 저력을 유지하고 있다는 점이었다.

세력을 만들기는 하겠지만, 그들의 머리가 되고자 하는 건 아니었다.

잠시 중심에 설 수는 있겠으나, 장기적으로 그들을 이끌고 갈 생각까지는 없었다.

자생할 수 있는 능력을 지녔다는 점에서, 루딘 용병단이 더욱 특별하게 여겨지는 것이었다.

그런 의미에서 구성원들이 특히 중요했다.

'쓸 만한 놈들이야 차고 넘치니까.'

용병계는 대륙 전역에 걸쳐서 그 영역을 뻗치고 있는 까닭인지, 생각보다 알려지지 않은 실력자들은 많았다.

'흠흠… 나도 그랬으니까. 크흠흠!'

스스로 말하기 민망하지만, 분명 그는 3급 용병이었지만, 제법 친분이 있는 이들 중 몇몇은 그가 1급까지도 감당할 수 있다는 걸 다 알았고, 은연중에 함께 의뢰를 수행하려는 이들도 제법 있었다.

그 정도로 특이한 건 아니겠지만, 나름 특수한 상황에 처해 이래저래 이름값 못하는 이들은 분명 존재했고, 에던은 스펙터의 그들을 담아 특별함을 키울 생각이었다.

물론, 이 바닥에서 굴렀던 인생들이니 만큼, 쉽지는 않을 거라 여겼지만, 크게 걱정하지는 않았다.

'그건… 뭐, 어떻게든 되겠지.'

업계의 방식으로 해결해 볼 생각이었다.

'아니면 마는 거고….'

용병계는 넓었고, 숨겨진 진짜들은 드러난 가짜 못지않게 넘쳐났다.

❖ ✛ ❖

상황이 급변했다.

언뜻 일방적인 느낌마저도 들던 전장의 분위기가 점차적으로 균형을 맞춰가기 시작한 것이다.

에넥시드 왕국의 국왕 트라제는 그 이유를 충분히 짐작할 수 있었다.

"기어이 꺼내들었군."

암전의 기둥, 정확히는 뿌리의 주인이라 불리는 칠성좌들이 감춰두었던 전력을 전장에 투입시키고 있는 것이리라.

이미 짐작하고 있던 부분이니 만큼, 당황할 이유는 없었다. 침착하게 '다음'을 준비하고 '만약'을 대비하면 될 터였다.

갑작스런 전력변화에 그 흐름이 일부 넘어갔다고는 하나, 아직까지 분위기는 그들의 것이었다.

31

그들 에넥시드를 비롯한 반란세력들은 한 번 잡은 승기를 쉬이 내어줄 생각이 없었다.

게다가 결정적으로 숨겨진 전력은 저들 칠성좌에게만 있는 게 아니었다.

에넥시드를 비롯한 반란세력들도 결국 뿌리의 일원이었고, 나름대로 암전의 실험들에 참여했던 경험들도 지니고 있었다.

그 완성체가 뿌리에서 나온다고는 하나, 암전 측의 실험력도 대단한 건 사실이었고, 이 부분은 각국의 마법사들에게 신선한 자극이 되기도 했다.

쌓아올린 역사와 그만큼의 전력!

'그건… 결코, 네놈들만의 전유물이 아니지.'

거기까지 생각하던 그의 머릿속으로 지금 이 상황에 결정적인 역할을 한 사내를 떠올렸다.

'에던 운트!'

사신이며 마왕이라 불리는 사내로써, 전 대륙적인 전쟁이 발발한 지금 이 순간에도 그 이름값을 더없이 높여만 가고 있는 특별한 존재였다.

분명, 그의 등장으로 인해 반란세력 측도 피해를 입기는 했다.

하지만 사신은 암전을 향해 칼을 뽑아든 상태였고, 그런만큼 칠성좌가 입은 타격에 비한다면 그들은 생채기 수준일 뿐이었다.

바로 이 같은 부분 때문에 지금의 승기도 잡을 수 있는 것일지도 몰랐다.

그리고 이런 생각들이 용병왕을 향해 칼을 뽑아들지 못하도록 하는 것이기도 했다.

분명, 그의 행동들은 여러모로 거슬리는 부분이 있기는 하지만, 당장 필요성을 느끼는 까닭에, 참고 또 삼키며 그의 존재를 인정하고 납득하려 노력할 수밖에 없었다.

그의 발언으로 인해, 상당수의 용병들이 전장에서 발을 빼고 있었고, 부리고 있던 길드도 온전한 영향력을 발휘하지 못하는 까닭에, 전력적인 손실이 있는 건 분명했다.

나름대로 다른 방면에서 이득을 보고 있다지만, 어쨌든 이 같은 부분들은 반란세력의 심기도 거슬리고 있는 건 사실이었고, 언제고 전쟁이 끝나는 날, 그에 대한 보복이 이뤄질 확률이 높다는 게 그의 판단이었다.

하지만 트라제는 이 같은 상황을 그냥 내버려 둘 생각이 없었다.

"의도했건 아니건, 어쨌든 받은 게 있으면 돌려주는 게 예의 아니겠어."

한 번쯤 에던을 향해 손을 내밀어 줄 생각이었다.

물론, 순수한 의도를 지니고 있는 건 아니었다. 이미 용병왕을 돕는 세력이나 단체 그리고 용병들의 존재를 아는 까닭에, 배제하기보다는 한 다리 정도는 걸치고 있는 게 도움이 될 거라 여긴 것이다.

"왕이니 뭐니 하지만, 어차피 '개인'일 뿐이지."

주변 단체들 역시도 결국 '왕의 것'이 아닌 그들 각자가 개별적인 세력들일 뿐이었다.

물론, 그 한 개인에 의해 칠성좌가 흔들리고 있음을 알기에, 결코 가볍게 여기지는 않았다.

"대놓고 찔러대니 반발을 사는 거지."

뿐만 아니라 암전과 용병왕은 이래저래 엮인 일들이 적지 않았던 탓에, 대립하는 구도가 형성될 수밖에 없었다.

'적당히 거리감만 잘 조절한다면야.'

얼마든 통제할 수 있을 터였다.

'결국, 어차피 개인일 뿐이니.'

암전 그리고 칠성좌와의 전쟁이 끝난다면, 주변 세력들도 각자의 영역으로 돌아갈 것이고, 더더욱 철저히 개인으로 남으리라.

'그 정도라면….'

충분히 감당할 수 있을 거라 여겼다.

❖ ✛ ❖

스펙터!

그 첫걸음을 위해 언급된 이름들을 들었을 때, 셰릴은 이해할 수 없다는 생각을 먼저 할 수밖에 없었다.

"제정신이니?"

그래서 이렇게 쏘아붙이고야 말았다.

당연하다면 당연한 반응이라고 여겼다. 그래서 일단 한 차례 웃어보였지만, 어디서 쪼개냐면서 타박과 함께 주먹까지 날아들었다.

'끄응… 턱주가리를….'

앓는 소리와 함께 얻어맞은 턱을 이리저리 흔든 에던이 얼얼함을 털어내며 입을 열었다.

"그놈들이 제일 쉬울 것 같아서."

에던의 이야기에 재차 주먹을 휘두르려던 셰릴이 멈칫했다.

'확실히….'

그의 이야기처럼 언급되었던 이들은 회유가 어렵지 않을 거라 여겼다.

'하지만… 그래도 이건 좀 심하잖아!'

눈살이 절로 찌푸려지는 목록이었다.

'베덴 루이트, 살랏 데인, 쥬호트 마리안….'

그가 언급했던 다양한 인물들이 머릿속으로 떠올랐다.

아무리 그녀가 레드문의 여왕이라지만 세상 모든 정보를 아는 건 아니었다. 하지만 이래저래 입에 오르내렸던 이야기들은 제법 머리에 담고 있었다.

그리고 에던이 언급한 이들 중에는 그런 이들이 제법 많았다.

한때나마 에던의 뒤를 쫓던 과거 때문인지, 더더욱 용병계에 대한 소식들에 능하기도 했다.

그리고 이 같은 소식들 속에 그들을 하나로 묶는 단어 하나가 있었다.

"이런 병신들을 데려다가 뭘 하겠다는 거야!"

과격한 발언이었지만, 실제로 그녀의 이야기처럼 언급되었던 인물들 중 정상이라 할 만한 이들은 한 명도 없었다.

[베덴 루이트!]

알려지기로는 1급 용병패를 지니고 있으나, 그 실력은 특급에 이른다며 제법 유명세가 있었다.

이후 실제 특급용병과의 대결에서 패배하며 그 같은 부분에 대한 진실성이 의심을 받는 인물이었다.

그러나 그의 팔을 베었던 용병이 워낙 뛰어난 실력자였던 까닭에, 이 부분에 대해서는 명확한 답을 내리기가 어렵다는 게 세간의 평이었다.

하지만 이 당시의 패배로 한 팔이 잘려나가며, 더 이상 진실에 대한 판단이 어려워질 수밖에 없었다.

검을 드는 팔이 잘렸던 까닭이었다.

[살랏 데인!]

그의 경우에는 특급에 해당하는 실력자로 알려져 있었다. 하지만 인상적인 활약이 있던 건 아니었던 까닭에, 크게 이름을 떨친 건 아니었다.

하지만 딱 한번, 명가의 기사와 격돌 후 승리를 거둬내면서 짧게나마 유명세를 떨쳤던 인물이었다.

그렇지만 오래지 않아 은퇴하며 자취를 감췄는데, 그 이유에 대해 알려진 바는 없었다.

물론, 레드문의 여왕인 셰릴은 알려지지 않은 비밀도 알고 있었다. 자존심을 구긴 명가의 보복성 섞인 습격으로 인해, 오러가 역류하며 강제적 은퇴를 당한 것이다.

외형적으로는 크게 이상한 부분이 없게 조치한 까닭에, 그의 갑작스런 은퇴는 더더욱 기이하게만 보였으리라.

쥬호트 마리안을 비롯하여 그 뒤로 줄줄이 언급된 이들 역시도 크게 다를 게 없는 이들로써, 어딘가 한 군데씩 문제가 있는 자들이었다.

이런 그녀의 반응에 에던이 쓰게 웃으며 입을 열었다.

"베덴 영감은 아직 사용할 수 있는 팔이 하나 남아있고, 살랏 그 아저씨는 오러홀의 완전히 박살난 건 아니야. 게다가 쥬호트 형님은 발목의 힘줄이 끊어진 거지, 검을 쥐는 힘이 줄어든 건 아니야. 오히려 검력은 더욱 커졌다고."

이야기를 가만히 듣고 있던 셰릴의 얼굴 한편에 의문의 빛이 떠올랐다.

'말하는 게 어째…'

그들을 아는 듯 보이는 태도였고 말투였으며 호칭이었다.

"아는… 사이야?"

설마 하는 마음에 물었고, 에던이 쓰게 웃으며 고개를 끄덕였다.

"뭐… 이리저리 떠돌면서 인연을 맺었지."

뿐만 아니라, 그들에게 가벼운 조언이라거나 간단한 기술 같은 것도 몇 수 정도는 얻어 배울 수 있었다.

나름 인연이라 할 수 있는 이들이었다.

"뭐… 전부 다 아는 건 아니지만."

당연하게도 그가 대륙 전역을 빨빨거리며 돌아다니기만 한 건 아닌 까닭에, 언급된 인물들을 전부 알 수는 없었다.

하지만 대부분 건너건너 인연을 맺었던 이들이었다. 때문에 그들의 가슴 속에 아직도 한 조각 열망의 불씨가 남아 있음을 알고 있었다.

"그… 그렇지만 너무 적은 거 아니야?"

에던의 지인에게 너무 격한 발언을 했다 싶었던지, 셰릴이 잠시 당황하는 듯싶었지만, 금세 신색을 회복하며 재차 중요한 부분을 지적했다.

그러자 기다렸다는 듯, 에던이 새로운 인물들을 줄줄이 늘어놓았다.

또 한 차례 셰릴의 표정이 구겨졌다.

앞서 나열된 이들과는 다른 의미로써 골치 아픈 이름들만 언급된 까닭이었다.

"제정신이니?"

결국, 또 한 번 그렇게 외칠 수밖에 없었다.

'디아낙 크레이든, 세틀 리레아난, 테벡넥 아트아란, 이 브릭…'

앞서 언급되었던 이들과 다르게, 이들에게는 육체적인 문제점은 존재하지 않았다.

하지만 말 그대로 그들은 육신만 멀쩡할 뿐, 주변 상황은 최악이나 다를 게 없는 이들이었다.

"몰락 귀족도 정도가 있지. 이놈들은… 하나 같이 반역죄로 쫓겨난 놈들이잖아!"

그 명맥도 유지할 수 없는 귀족가의 자재들이 대부분이었다. 에던이 어깨를 으쓱이며 대답했다.

"반역이라고 해 봤자, 망할 대로 망해서 이제는 신경도 안 쓰는 놈들이잖아. 게다가 고향에서나 반역이지, 다른 구역에서는 신경 쓸 문젯거리도 아니야."

확실히 그 말처럼 그들은 더 이상 회생이 불가할 정도로 망가진 귀족가의 후예들이었다. 관심의 대상이 되기에는 너무 바닥까지 내려간 것이다.

특히, 저들 대부분이 제대로 된 연공법도 없었던 까닭에, 더더욱 희망에서 멀어진 이들이기도 했다.

그나마도 남겨진 가문의 잔재를 끌어 모아 어렵사리 활약을 하고 있는 정도였지만, 용병들의 영역을 벗어나기는 어려운 수준일 뿐이었다.

바라는 건 드래곤의 머리였지만, 현실은 그 몸통은커녕 꼬리도 닿지 못한 채, 어설피 뱀의 머리 언저리나 헤집고

다니는 게 전부였다.

그로 인해서 몇몇은 업계 내의 소문이 좋지 않은 이들도 있었는데, 자칫 이들을 끌어안았다가는 에던 역시도 그런 시선에 얽혀들 수 있었다.

"시선? 어차피 지금도 마찬가지잖아."

에던은 그리 말하며 어깨를 으쓱였다. 확실히 그의 말처럼 용병왕으로 활동을 하기 전부터 각국을 비롯한, 길드들의 견제를 받아왔다.

지금과 크게 달라질 이유가 없다는 주장이었다. 틀린 말은 아니었기에, 셰릴 역시도 입맛을 다시며 그 부분에 대한 언급은 멈출 수밖에 없었다.

그렇다고 해서 마냥 넘어가 줄 생각도 아니었다.

'레트리산!'

셰릴의 두 눈이 얇아졌다. 에던이 언급했던 이들 중 어느 하나 의외가 아닌 인물이 있겠냐마는, 그 중에서도 특히 더 의외였던 인물이 끼어있었던 까닭이었다.

'어째서 이 자를…?'

한 가닥 의문이 에던을 향했다.

'…설마, 알고 있는 건가?'

어째서인지 '안다' 라는 느낌이 왔지만, 확실히 하기 위해서라도 묻지 않을 수가 없었다.

"레트리산이 누군지나 알고 끌어들이려는 거야?"

"뭐, 대충은…."

말끝을 흐르는 그의 모습에 불안감이 한층 가속됐다. 셰릴의 눈초리가 날카롭게 변하자, 에던이 할 수 없다는 듯 한숨을 내쉬며 입을 열었다.

"…시스트라!"

그 성을 언급하는 순간 결국 셰릴의 표정이 와락 구겨졌다. 알고서 끌어들인다는 의미였던 까닭이었다.

한껏 인상을 찌푸리던 그녀의 시선이 옆으로 돌아갔다.

[레일라 드라필만!]

이 구성원과 그의 계획에 적잖은 조언을 더하면서, 그야말로 최악으로 꾸며내는데 일조한 게 바로 그녀였던 까닭이었다.

'…하필이면 쫓겨난 왕자라니.'

제 성을 지우고 거짓된 신분으로 용병계에 뛰어든 게 바로 레트리산이었다.

나름 챙겨서 나온 게 있었던지, 자그마한 명성 정도는 날리고 있는 존재였다.

'시스트라…'

사실, 알게 모르게 쫓겨난 왕자라던가 왕의 혈통을 이어가는 이들은 많았다.

대부분은 철저한 통제 속에서 살아가지만, 몇몇 거기서 빠져나와 거친 세상의 풍파 속으로 뛰어드는 이들이 있는 까닭이었다.

하룻밤의 실수 또는 유희와 같은 결과로 인해 탄생한

이들이 대개 그 같은 상황에 처하고는 했다.

그리고 레트리산 역시 그와 비슷한 경우였는데, 왜 하필 그가 선택된 것일까? 이 같은 의문에 대한 답 정도는 이미 알고 있었다.

[벨시스트라!]

에던의 고향의 가장 높은 곳에 머무는 이가 바로 레트리산의 부친인 까닭이었다.

[벨시스트라 왕국의 국왕 비요산!]

칠성좌의 주인으로 짐작되는 존재이기도 했다.

❖ ❖ ❖

시간의 흐름 속에서 점차적으로 흐지부지하게 변해가던 계획이었지만, 델론을 받아들이며 조금은 갑작스럽게 그 출발선에 서 버렸다.

나름대로 구상해 놓은 것들이 있기는 하나, 아무래도 막상 출발을 하려니 불안감이 이는 건 어쩔 수 없었다.

때문에 이 부분에 대한 조언을 구했다.

[레일라 드라필만!]

머리 쓰는 일이라면 가히 견줄 자가 없다는 대마도사가 바로 옆에 있었기에 가능한 일이었다.

물론, 마법적인 지식과 세력을 만드는 계획이 다른 방향의 공부라는 건 알지만, 워낙 만능처럼 여겨지는 레일라이다 보니, 혹시나 하는 마음에 조언을 구하게 된 것이다.

그동안 이래저래 받아온 도움이 있다 보니, 기대하는 마음도 적잖게 있었다.

아니나 다를까. 그녀는 제법 그럴싸한 이야기들을 들려주며 에던이 바라던 조언들을 더해주었다.

"기왕 판을 벌일 생각이면 차라리 아주 크게 벌려."

애초에 몰락 귀족들을 끌어들이는 것 정도는 계산에 두고 있었다.

그들에게 가려운 부분이라 할 수 있는 연공법에 대한 부분을 시원하니 긁어줄 수 있다는 확신이 있던 까닭이었다.

하지만 그 무리가 '반역'이라는 오욕을 짊어지고 있는 이들까지 뻗어나간 건, 순수하게 레일라의 조언이 컸다.

"반역이라는 걸 시도하려면, 일단 새 시대를 열 수 있을 만한 힘이 필요해. 성공만 한다면 새 역사가 쓰이는 거니까."

말인 즉, 그만한 인력과 세력 그리고 인맥이 갖춰져야 한다는 의미였다.

비록 실패했다고는 하나, 그 잔가지는 남아있을 것이고, 이들의 힘이 어느 정도로 성장하느냐에 따라, 그 힘을 발휘할 수 있는 여건이 만들어진다고 했다.

"그들을 키워."

하지만 그들이 바라던 무대까지는 만들어주지 않는다.

"고향으로 돌아가면 그 명성이 커진 이상, 반역죄로 참수겠지."

때문에 타국에서 무대를 펼치게 만들라고 했다.

"스펙터의 존재는 그들의 뒷심이 될 수 있어."

개개인이 대단하지 않아도 상관없었다. 그저 존재하는 것만으로도 스펙터의 또 다른 힘이 될 것이고, 스펙터 역시 그들의 힘이 되어줄 수 있을 터였다.

그리고 이 같은 부분에 대한 결정타가 바로 레트리산이었다.

"반쪽짜리 혈통이라서 제대로 왕자라는 이름표를 달 수 없는 위치지만, 그 실력이나 능력이 인정된다면, 충분히 위로 향할 수 있을 거야."

오히려 반역죄로 몰락한 귀족들보다는 성공 가능성이 높은 존재가 바로 레트리산이었다.

왕가의 혈통을 이어받은 이들이 한 둘은 아니었지만, 굳이 레트리산을 꼽은 이유를 들자면?

아주 간단했다.

[고향!]

에던은 그의 가족이 사는 곳에 칠성좌의 주인이 있다는 게 마음에 들지 않았다.

물론, 자칫 잘못하면 내전으로 이어질 수도 있지만, 이미 대륙 전역이 전쟁의 겁화에 휩싸인 상황이었다.

'여기서 더 최악이기도 어렵겠지.'

물론, 그것은 붉은 달의 그림자들이 그의 가족을 보호하고 있다는 안도감에 내릴 수 있는 결정이기도 했다.

이 점은 언제나 셰릴에게 고마운 부분이었다.

게다가 레트리산이 합당한 자격을 갖춘 채, 왕실로 돌아가는 것이라면 굳이 내전이라 할 만한 상황이 발생할 이유가 없었다.

특히, 지금처럼 전쟁으로 인해 외부의 자극이 심각한 경우에는 더더욱 그 같은 상황을 제재하려 할 터였다.

그런 의미에서 몰락 귀족이나 레트리산의 경우에는 결국 단체에서 떠날 확률이 높은 까닭에, 실질적인 스펙터의 인원이라 부르기에는 무리가 있을 것이다.

"상황을 이렇게 이끈다면, 아마도 네가 처음 염두에 뒀던 용병들, 신체적인 문제가 있는 그들이야말로 스펙터의 중심이 될 수밖에 없을 거야."

레일라는 거기까지 설명하다가 정말 이들로 괜찮겠냐는 듯 쳐다봤었고, 에던은 주저 없이 고개를 끄덕여 보였다.

과거에도 그들에게서 가능성을 봤었다. 지금이라고 다르지는 않을 거라 여겼다.

물론, 그의 성장폭이 워낙 컸던 만큼, 과거와는 눈높이가 달라졌을지도 모르지만, 그들의 숨겨진 열정과 열망을 알기에, 충분히 만족할만한 결과가 나올 거라 여겼다.

'조금 부족한 정도는 채워주면 되는 거니까.'

당연하게도 그 선택에 후회는 없었다.

그리고 지금,

"대체, 제정신으로 하는 소리야?"

선택의 결과를 지긋지긋한 잔소리와 함께 감당해야만 했
다.

'끄응….'

앓는 소리와 함께 에던은 그날 내내, 세릴에게 시달려야
만 했다.

낮에도,

밤에도….

❖ ✝ ❖

안전을 제일로 추구하면서도 나름 요원들을 담당한다고
할 만한 지위까지 올라갔다.

이는 눈치가 남다르다는 의미이기도 했고, 한편으로는
머리가 제법 비상하다는 것으로 비쳐질 수도 있었다.

실제로도 델론은 이래저래 머리를 쓸 줄 알았다. 생존을
위해 공부를 하며, 끊임없이 스스로의 개발에 힘을 써 온
까닭이었다.

'아는 것이 힘이지!'

그 같은 이유로 머리를 가만히 두려하지 않았다.

물론, 천부적인 재능이 있다고는 여기지 않으나, 그 노력
이 빛을 발해서 나름대로 성장도 하고, 조금이나마 그럴싸한

자리에도 앉았으며, 도약을 위한 최소한의 준비도 갖춰지고 있다고 여겼다.

'뭐… 그것도 이제는 의미 없지만.'

에던과의 만남이 그에게 새로운 길을 제시하면서, 계획하던 미래가 바뀌었다.

도망칠까도 싶었지만, 생각보다 매력적인 제안을 받아버린 까닭에, 결국 발을 담그기로 결정해버렸다.

물론, 암전에도 여전히 발을 담고 있는 상황이었다.

[사용할 수 있는 건 최대한 써먹어야지.]

에던의 주장이었고, 그 역시 동의하는 부분이었던 까닭에, 암전의 정보력 역시 최대한 끌어들여 볼 생각이었다.

물론, 언제든 그 방향성에 문제가 생길 수 있는 아슬아슬한 상황이라는 걸 그도 알고 에던도 알았다.

그들의 관계는 그 시작부터 정상이 아니었던 까닭이었다.

[어디까지 얼마나 할 수 있는지 보여줘 봐.]

때문에 그는 시험을 받아야만 했다.

조금 뜬금없다 싶은 상황이었지만, 그래도 최선을 다해야 한다는 걸 알았다.

만약, 여기서 합격점을 받지 못한다면?

[재미없는 상황이 기다리겠지.]

에던은 그처럼 말했고, 델론은 이를 확인하고 싶지 않았다.

'합격만이 살길이다!'

그렇게 생각하며 시험에 응했고, 잠시간 그의 집무실은 화려한 욕지거리에 유린을 당해야만 했다.

"미친 거 아니야?"

스펙터라는 단체에 대한 이야기를 들었을 때, 나름 혹하는 부분이 있었건만, 설마 이런 식으로 상황을 풀어가려 할 줄이야.

상상도 못했던 부분이었다.

'이런, 병신들을 데려다가 뭘 하겠다는 거야?'

전부를 아는 건 아니었지만, 적혀진 인물 중 몇몇은 그도 아는 이들이었고, 이러한 부분들을 통합해서 구성원의 문제점을 짚어낼 수 있었다.

하지만 분노는 길지 않았다.

'왜 이들이지?'

분명, 이유가 있을 거라 여겼다.

[용병왕!]

그 지위가 주는 무게감이 숨겨진 의미를 찾도록 만들었다. 이런 노력이 빛을 발한 것일까?

작게나마 에던이 내어준 시험 속에서 뜻밖의 의미들을 찾아낼 수 있었다.

결정적이라 할 수 있던 건, 두 번째 목록에서 나왔다.

'몰락귀족과 쫓겨난 왕자라!'

세력을 만들고 그 힘을 기반으로 대륙 곳곳에 가지를

뻗어두겠다는 뜻이리라.

특히, 레트리산의 존재가 결정적이었다.

'만약… 정말로 이들이 모인다면….'

실질적으로 이는 세력이라고 부르기가 어려워질 것이다.

'어쩌면, 그는… 자신의 세력을 만들 생각이 없는 건 아닐까?'

극단적으로 이야기하자면, 이렇게 모인 구성원들은 그저 '일회용'으로써 사용될 뿐일지도 몰랐다.

단결력을 강조하던 그의 이야기를 떠올려 봤을 때, 모순되는 부분이었다. 하지만 오히려 그 때문에 더욱 매력적으로 여겨지는 점이기도 했다.

'정말 그렇다면….'

어떤 방식을 취하느냐에 따라, 그가 '와이번의 머리'에 오를 수 있다는 예감이 들었다.

[드래곤의 꼬리가 될 거냐, 와이번의 머리가 될 거냐.]

다시금 그의 말이 떠올랐다.

'확실히 이 정도면….'

정점이라 할 수는 없겠지만, 나름 목소리 좀 높이는 위치가 될 수 있을 터였다.

안전을 제일로 치는 그의 사고관 위로 '한방'에 대한 욕심이 다시금 피어나기 시작했다.

그런 의미에서 에던이 건넨 마지막 인물 목록을 보면서 의문을 내비쳤다.

'트렉, 이그람, 리브센….'

여기에 언급된 이들 중 어느 하나 기억에 있는 이가 없었다.

말인 즉,

'별 볼일 없는 수준이라는 건데….'

그럼에도 불구하고 이들을 언급하면, 저들 첫 번째 목록에 있는 이들에게 다가갈 수 있을 거라 했었다.

짧지 않은 고민 끝에서 내린 결론이 하나 있기는 했다.

'설마….'

이 모든 목록이 에던의 위장신분은 아닐까?

'…그렇다고 치기에는 너무 많단 말이지.'

때문에 확신을 갖기가 어려웠다.

그 역시도 나름 도주에 대한 공부를 익혔고, 암전의 요원으로써 제법 경험치도 높다고 자부하지만, 그의 위장신분은 여기에 언급된 숫자의 반의반도 되지 않았다.

'전문적인 도둑놈들도 이 정도는 아닐 텐데.'

하지만 그가 이 인물들을 언급하며 보이던 태도 그리고 말투에 묻어있는 그리움에서 묘한 느낌이 묻어나왔었다.

'…모르겠네.'

이 부분 만큼은 확신을 얻지 못한 채, 그냥 그렇게 넘어가야만 했다.

당장 중요한 건 이런 부분들이 아니었다.

"시험이란 말이지."

일순, 델론의 눈가에 안광이 번뜩였다.

'이 문제를 어떻게 풀어내느냐가 중요하다!'

이번만큼은 결과보다 과정이었다.

목표로 하는 '와이번의 머리'는 과정 속에서 그 답이 나올 터였다.

'이거야 원…'

여러 가지 의미로써 시험이라는 걸 느낄 수 있었다.

"…대가리 좀 깨지겠네."

앓는 소리와 다르게 그의 입 꼬리는 슬금슬금 귓전을 향해 올라가는 중이었다.

❖ ❖ ❖

얼추 해야 할 일은 끝낸 까닭일까?

"이제는 정말로 쉴 거다!"

그 같은 선언과 함께 에던은 검술원 한편에 추욱 늘어졌다.

"살아는 있니?"

지나가던 셰릴이 그렇게 물어볼 만큼, 그의 활동량은 극히 제한적이었다.

먹고, 자고, 싸고!

딱 그만큼의 최소 필요량만 보여주고 있는 것이다. 제니스가 찾아올 때는 그나마 조금 움직이기는 했지만, 그마저도 별 거 없었다.

그저 늘어져있는 장소가 여동생의 옆으로 옮겨진 정도였
다.

"어떻게 좀 해봐."

참다 못 한 셰릴이 제니스에게 슬쩍 한마디를 던져봤지
만, 그녀는 그저 웃으며 오라비의 모습을 지켜볼 뿐이었
다.

그녀 역시도 들리는 소문을 통해 오라비가 얼마나 활동
적으로 움직였는지 잘 알고 있었다. 조금 과하다 싶을 정도
의 휴식이야말로 오히려 가장 합당하다고 여겼다.

그러면서 틈틈이 누워서 쉬고 있는 오라비의 입에다 먹
을거리를 가져다줬고, 마치 먹이를 기다리는 아기새 마냥
에던은 간식들을 넙죽넙죽 받아먹었다.

한심스럽기까지 한 그 모습에도 불구하고 제니스는 오라
비와 함께하는 이 시간이 마냥 좋다는 듯, 그저 웃으며 무
릎을 빌려주고 간식을 건네줄 뿐이었다.

더 이상 과거의 앙금 같은 건 없었다.

오해였음을 알고도 남아있던 그 마지막 잔재들도 이미
털어낸 상태였다.

도리어 떨어져있던 시간의 반작용이라도 되는 듯, 에던
의 곁을 끈질기게 지키고 있었다.

사실, 그녀는 오라비가 언제 떠나도 이상하지 않다는 걸
알기에, 이처럼 에던의 곁을 조금이라도 더 지키려 하는 것
이었다.

리아나 루드의 시선은 굳이 걱정할 필요가 없었다. 두 아이를 가르치는 임시 강사들의 열정으로 인해, 이런데 신경을 쓸 만한 여유가 없었다.

레일라와 루드말!

셰릴과 체넨!

별빛 찬란한 그들의 수업이었다.

'여유는커녕 쉴 시간도 없을 걸….'

덕분에 에던은 더욱 느긋하게 여동생과의 시간을 즐길 수 있었다. 저 한편에서 여동생의 남편인 베른의 질투 섞인 눈초리가 날아들기도 했지만, 그 정도는 헛기침 한방이면 충분히 지워버릴 수 있었다.

가혹했던 지난 수업의 효과였다.

"크흠!"

그렇게 오랜만에 맞이하는 휴식은 한심스러울 정도로 하릴없이 또 의미 없이 흘러갔다.

2. 첫 번째 별!

2. 첫 번째 별!

도전했고 실패했다.

그 결과는 커다란 상처와 좌절이었다.

자부심이자 모든 것이었던 걸 잃어버렸고, 그렇게 무대에서 내려와야만 했다.

때문에 과거를 잊고 잊으며 잊으려 살았다.

허나, 본능에 새겨진 도전정신이 남아있었음일까? 습관처럼 자부심을 되새겼고, 되짚어갔다.

패자의 몸부림이라 여겨지고 싶지 않았기에, 그 와중에도 꾸준히 외면하고 모른 척 했다.

실제로 지워버렸다고 여겼다.

'그냥… 착각이었지.'

이제야 깨닫게 된 진실에 왠지 모르게 입맛이 썼다.

[한 번 같이 놀아봅시다.]

녀석에게서 날아든 소식에 이리도 심장이 뛰는 걸 보니, 확실히 아직 과거에 얽매여 있는 게 확실한 것 같았다.

'그러니⋯.'

이 참에 제대로 마무리를 지어 볼 생각이었다.

개시 이후 단 하루도 문을 닫지 않았던 술집 '라단'이 문을 닫았고,

베덴 루이트!

술집의 외팔이 주인이 모습을 감췄다.

[휴업!]

문 앞에 걸린 한마디 짧은 글귀만이 어설피 상황을 설명하고 있을 뿐이었다.

❖ ❖ ❖

스스로가 생각해도 재능이 있었다.

가혹한 환경 속에서도 이를 증명할만한 능력을 쌓았고, 당당히 그 실력도 증명했다.

허나 지닌바 처지에 비해 너무 과한 재능이었음을 뒤늦게 알아버렸다. 가혹함 위에 비참함이 더해진 뒤에야 깨달았다는 게 문제였다.

그래서 지닌 걸 전부 버려야만 했고, 강제적으로 무대에서 끌려나올 수밖에 없었다.

차라리 몰랐으면 모르되, 무대의 주역이 되는 달콤함을 맛보게 해 주고서, 그 많은 관객의 시선을 뺏어버렸다.

이미 취할 대로 취한 까닭에, 오히려 분노하며 절규하고 울부짖으며 절망했다.

그렇게 무너졌고 또 내려났다.

우습게도 그 순간 새로운 길이 열렸다. 비틀리고 어긋났던 모든 걸 억지로 끌어안고 있을 때는 오히려 상황이 악화되기만 하던 게, 모든 걸 버리려고 마음먹자 거짓말처럼 해결되고 또 풀려나가기 시작했다.

비록 지난 세월의 공부는 전부 사라졌으나, 그 흔적은 남아서 새로운 출발을 위한 양분이 되어주었다.

그렇게 변화를 맞이했고, 새로운 배역을 얻어냈다.

이후 한참동안 새 역할을 이해하기 위한 시간을 보냈고, 꾸준히 공부를 쌓아올렸다. 과거는 넘었다고 여기지만, 선뜻 바깥으로 나서지는 못했다.

옛 상처와 고통들은 아직 머릿속에 남아있었기 때문이었다. 그럼에도 불구하고 하루가 다르게 의지가 쌓여갔고, 점차적으로 발길에 힘이 들어차고 있음을 알았다.

그렇게 갈등 속에서 헤매고 있을 때, 녀석에게서 연락이 왔다.

[슬슬, 기지개 좀 펴 봅시다.]

누군가가 등을 떠밀어주길 바라던 찰나였다. 기다렸다는 듯 자리에서 일어났고, 과거의 잔재들을 등에 짊어졌다.

살랏 데인!

정육점 '리스탄'이 문을 닫고, 헤이셀 마을의 꽃중년이 자취를 감추는 순간이었다.

여자들은 울고 남자들을 웃던, 소소한 사건이었다.

❖ ❖ ❖

어딘가의 술집이 문을 닫고, 또 어딘가의 정육점이 가게를 내놓았으면, 또 어딘가의 대장간에서는 대장장이가 사라지고 망치만이 남았다.

농사를 짓던 농부가 자취를 감추고 거래품목을 헤아리던 상인이 사라졌다.

세상 곳곳에서 의문스레 모습을 감추는 이들이 있었다.

그 집중도가 높지 않았고, 거기에 더해 대륙적인 전쟁으로 인해, 이런 소소한 사건들은 더더욱 관심의 대상은 될 수 없었지만, 분명히 적지 않은 수의 사람들이 세상에서 자취를 감추고 있었다.

알려진 건 아니었으나, 그들에게는 공통점이 있었다.

그들 개개인이 불편함을 하나씩은 안고 살아가는 이들이라는 점이었다.

누군가는 팔이 또 누군가는 발목에 아픔이 있었으며, 외형적으로 티가 나지 않는 경우에는 그 속에 문제를 품고 있는 경우가 대부분이었다.

내부 장기가 될 수도 있으며, 때로는 정신적인 부분이 될 수도 있는 그런 내적인 부분들이었다.

그리고 한 가지 더, 이들은 대부분이 하나의 '편지'를 받고 난 뒤에 자취를 감췄다는 점이었다.

그건 실로 다양한 이름들로써 그들에게 찾아갔는데, 실상 그 많은 신분들이 한 존재의 것이라는 걸 아는 이들은 몇 없었다.

'정말… 그 모든 게 위장신분이었을 줄이야.'

델론은 설마했던 가설이 맞았음에 저도 모르게 몸서리를 쳐야만 했다.

그 정도로 많은 신분들을 가지고 있었다는 부분에서, 그의 과거가 어떠했을지 작게나마 짐작한 까닭이었다.

정보원이기에 모를 수 없었고, 암전의 요원이기에 더욱 절실히 느끼는 부분이기도 했다.

짐작컨대, 하루에도 수차례 신분을 바꿔가며 생활한 적이 있을 거라 여겨졌다.

실제로 에던은 하루 중, 아침과 점심 그리고 저녁에 전부 다른 이름으로 생활한 적이 있었고, 잠자리에 들 때에는 또 다른 신분으로 방을 잡았으며, 다음날 아침 방을 나설 때에는 전혀 다른 사람이 되어서 나오기도 했었다.

도주 생활이 절정에 달하던 무렵으로써, 대개 이런 건 실수로 대귀족들 간의 영지전에 발을 들였을 때 주로 사용되고는 했다.

더더욱 감탄스러운 점은 위장신분을 알게 되면, 대개 그 과거를 추적하는 게 어렵지 않건만, 에던은 너무도 많은 신분들로 인해서 감히 그 뒤를 밟아 볼 엄두조차 내기가 어렵다는 점이었다.

게다가 사람들을 불러 모으기 위해 밝힌 신분만 이 정도였으니, 숨겨진 건 또 얼마나 많겠는가.

뿐만 아니라 그중에는 분명 한 번으로 끝내지 않은 신분들도 있을 것이고, 위장의 위장으로 사용되었던 신분들도 여럿 존재할 게 분명하기에, 결국 그의 과거는 영원한 미스터리나 다를 게 없다고 여겨졌다.

놀라운 건 이뿐만이 아니었다.

'과연… 레드문이라는 건가.'

에던으로 인해 그들에게 작게나마 도움을 받았고, 새삼 라이벌이라 할 수 있는 정보단체의 능력을 실감할 수 있었다.

사실, 레드문의 능력도 능력이지만, 이 부분에서 그는 에던이 레드문에 끼치는 영향력을 생생히 느낄 수 있었다.

'여왕의 연인이라고 했던가.'

그저 지나가는 소문이나 우스갯소리처럼, 암전의 요원들 사이로 스치는 속삭임이었다. 진실인지 거짓인지는 아직 판명나지 않았으나, 레드문의 태도로 인해 그저 농담이 아닐지 모른다는 이야기가 많았다.

그리고 지금, 어쩌면 그게 진실일지도 모른다는 생각이
들었다.

'이 정도 대우라면….'

충분히 가능성이 있는 이야기일 듯싶었다.

여기까지 깨닫고 나자, 이제는 더 이상 뒤로 돌아갈 수
없다는 것도 새삼 실감할 수밖에 없었다.

다신 암전으로 돌아갈 생각을 하면 안 되는 것이다.

'평생 숨어살 생각은 없으니….'

수시로 떠오르는 암전으로의 회귀본능은 저들에게서 주
입된 세뇌의 결과이며, 그간 살아온 과거의 흔적들로 인한
여파이리라.

그렇지만 이제는 그 모든 걸 무시할 각오가 섰다. 아니,
이미 그런 각오는 서 있었지만, 세뇌의 영향이 아직 남아있
었을 뿐이었다. 지금은 그마저도 떨쳐낼 수 있는 다짐을 새
긴 것이다.

에던의 능력을 알았고, 그의 계획의 편린을 엿봤다. 너무
많은 걸 알아버렸으며, 레드문의 능력까지 실감해버린 이
상, 그에게 다른 미래란 없는 것이다.

그런 의미에서 이번 계획은 필히 완성시켜야만 했다.

'그게… 비록 암전에 비수를 박아 넣는 것이더라도.'

에던의 편지를 받은 이들 중, 몇몇의 위치가 특히 인상적
이었다.

[암전!]

그곳에 이미 발을 들이고 있는 이들이 존재하는 것이다.

암전에서도 크게 주목을 받지 못하는 이들로만 구성되어 있던 만큼, 그들의 변화에도 이렇다 할 관심이 향하지는 않을 거라는 점에서 걱정할 건 없었다.

의외라고 한다면, 그들이 생각보다 암전에 뿌리 깊게 박혀있다는 점이 특이했다는 점이었다.

그 의미가 암전의 높은 자리에 있다거나 심장부에 다다랐다는 걸 뜻하는 건 아니었다.

단지, 오랜 세월을 암전에서 지내왔다는 소리였는데, 그 세월이 만만치 않아, 어지간한 요원들 못지않은 정보가 그들에게 있을 확률이 높았다.

'시간만 놓고 보면, 나도 무시 못 할 정도인 이들도 몇 있으니.'

자칫 계획이 들켜버릴 위험이 있건만, 그럼에도 불구하고 저들에게 편지를 보냈다는 건, 나름의 확신이 있기 때문이리라.

"암전에 기생하면서 오히려 칼을 가는 이들이야 흔한 경우니까."

그들 역시도 비슷할 거라 여겼다. 아마도 머문 기간만큼 더욱 서슬 퍼런 날을 세우고 있을 확률이 높았다.

'그나저나… 슬슬 나도 제대로 움직여야 하려나.'

시험을 받았고 얼추 해결을 보기는 했으나, 실질적으로 이를 풀어낸 건 그의 힘이 아니라, 레드문의 힘이라고 해도 틀리지 않았다.

높은 점수를 받기는 어려운 것이다.

단, 암전의 정보력을 이용해서 그들에 대한 조사를 마쳤다는 부분에서 점수가 깎이는 건 방지할 수 있겠지만, 여러 모로 부족함이 많았던 건 확실했다.

게다가 앞으로는 이 같은 부분들을 순수하게 그의 능력만으로 해결해야 할 상황들이 찾아올 터였다.

그런 상황들을 대비해서라도 좀 더 그럴듯한 구성원과 체계를 갖추는 게 필요했다.

'일단… 사람을 모아야겠군.'

생각나는 이들이 몇몇 있었다.

단지, 문제라고 한다면 그들의 직업이라거나 현 위치 같은 것이었는데, 이 부분은 그 본인을 생각해 봤을 때, 그럭저럭 넘어갈 수 있을 거라 여겼다.

'나도 어차피 암전의 일원이었으니까….'

게다가 지금도 일원이라는 가면을 쓰고 있기는 했다. 그 같은 경우가 몇 정도 더 늘어난다고 해서 문제가 될 건 없다고 여겼다.

'암살자들 중에도 쓸 만한 녀석들이 제법 있었지.'

'몰이꾼들도 괜찮을 거고.'

'아무래도 사냥개를 건드리기는 어려우려나.'

평생 암전의 요원으로써 살아왔던 만큼, 그의 생각의 범위는 의외로 한정적인 부분들이 있었다.

물론, 다른 단체나 세력에도 괜찮은 이들이 존재하기는 했다. 하지만 그 중에서 쉬이 회유가 될 법한 자들이 적었고, 거기에 더해 친분도 부족했으며, 결정적으로 시간적인 여유가 없는 만큼, 최대한 가까운 곳에서 해결하는 게 편하기도 했다.

'기왕이면 쉽게 가는 게 좋잖아.'

암전을 목표로 하고 있는 만큼, 그들의 내부에서 비수를 찔러 넣는다는 점에서도, 이들을 끌어들이는 게 낫다는 결론과 함께, 그의 머릿속으로 새로운 조직을 위한 구상과 구도들이 펼쳐져갔다.

❖ ✣ ❖

나름 숨긴다고 숨기지만, 철저하게 방비하는 것도 아니었던 까닭일까?

아이들, 특히 리아는 스승과 모친 사이의 기묘한 분위기를 결국 읽어내 버렸다.

'뭐지?'

의문스럽고 또 당혹스러운 광경이었다. 모친의 무릎을 베고 누워있는 스승의 모습이라니.

더더욱 황당한 건 모친의 태도였다.

마치 당연하다는 듯 스승의 머리를 받쳐주고 거기에 더해 간식까지 그 입에다가 물려주는 것이 아닌가.

오붓한 부부들의 모습을 떠올리게 만든다고나 할까?

'서… 설마….'

일순 불길한 생각이 머릿속을 스쳤다. 자연히 부친인 베른에게로 시선을 보낼 수밖에 없었다.

여기서 당혹스러운 건 부친의 모습이었다. 조금은 못마땅한 듯 보이지만, 크게 불쾌한 기색까지 비치는 건 아닌 듯싶었던 까닭이었다.

'…바람은 아닌가?'

워낙 어린 나이에 세상으로 나왔던 만큼, 이래저래 주워들은 이야기가 많았다. 때문에 어른들의 부정적인 면모들도 조금쯤 들은 것들이 있었다.

실제로 봤던 경우도 있던 만큼, 더욱 걱정을 한 것이건만, 부친의 태도로 봐서 최악의 상황은 아닌 듯싶었다.

'그러면… 뭐지?'

도통 이해할 수 없는 광경이었던 까닭에, 리아는 여러모로 머리를 굴리고 또 굴리며 답을 찾고자 노력해야만 했다.

그럼에도 불구하고 답을 찾기가 어려웠고, 결국 직접적으로 물어 해결하기로 결정할 수밖에 없었다.

뒤이어 나온 대답이 황당했다.

"내가 네 아빠다!"

환청이라도 들은 것일까?

스승의 이야기에 멍청하니 동공만 키우고 있는 리아의 모습에, 그 곁에서 모친이 실소를 터트리며 스승의 등을 쳤다.

"장난치지 말아요."

그리고 이어진 대답이 또 놀라웠다.

"네 삼촌이란다."

앞서의 발언이 나름 충격요법이 됐던 것인지, 빠르게 정신을 수습하며 진실에 다다를 수 있었다.

"맙소사!"

물론, 그렇다고 해서 아이의 충격이 덜어진 건 아니었다.

생각해보면 말도 안 되는 이야기였다. 동생 토드처럼 친부의 얼굴을 모르는 것도 아니었던 까닭이었다.

하지만 워낙 뜬금없던 내용이었고, 거기에 더해 적잖이 긴장하고 있던 탓에, 잠시지만 그 장난에 넘어갈 수밖에 없던 것이다.

물론, 그 덕분에 이후의 충격이 일부 줄어들기는 했지만, 어쨌든 분명 놀라운 이야기들의 연속이었고, 덕분에 잠시나마 동공확장의 영역을 새로이 개척할 수 있었다.

'삼촌…이라고?'

앞서의 충격에 비할 바는 아니었지만, 분명 놀라운 이야기였고, 당혹스러운 마음에 아이가 연신 모친과 스승을 바라봐야만 했다.

"많이 놀랐니?"

모친의 물음에 자연히 고개가 끄덕여졌다.

'…농담이 아니라 정말 삼촌?'

이어지는 제니스의 이야기가 또 놀라웠다. 어릴 적 헤어졌던 오라비라는 소개와 함께, 그가 리아를 이미 알고 있었다는 점까지, 여러 가지로 머리가 복잡해지는 내용들이 장맛비마냥 쉴 새 없이 쏟아져 내렸다.

처음 잠시 동안은 놀란 듯 동그랗게 뜬 눈을 되돌리지 못하던 아이였으나, 빠르게 상황을 받아들였고 또 수긍했다.

어쩌면 원망하는 마음을 가질 수도 있었을 것이다. 특히, 에던과의 만남이 이뤄지던 당시, 모친의 아픔이나 당시 아이의 맘졸이던 상황을 떠올린다면 그런 생각을 해도 크게 이상하지는 않을 터였다.

하지만 에던과의 만남 이후 생활이 어떻게 변했고, 또 어떤 행복들이 가정에 찾아왔는지를 알기에, 원망보다는 고마운 마음이 클 수밖에 없었다.

물론, 좀 더 빨리 조치를 취해주지 않았음에 원망하는 경우도 있을 것이나, 리아는 오히려 적당한 거리감을 유지한 채 스스로 일어설 수 있도록 주변에 머물러준 에던의 배려에 감사함을 가졌다.

언제나 스승을 떠올릴 때면 은인과도 같은 마음을 품고 있었기에, 이런 마음을 먼저 품을 수 있는 것일지도 몰랐다.

일순, 아이의 눈가에 물기가 올라왔다.

"정말… 삼촌이에요?"

그러더니 대뜸 에던을 향해 그리 묻는다. 이에 에던이 어색하니 미소를 지으며 퉁명스레 한마디를 뱉었다.

"언제는 삼촌 아니었냐?"

하긴, 생각해보면 선생님이나 스승이라는 호칭보다 삼촌이라고 부르기를 원했던 그가 아니던가.

이제야 그 이유를 깨닫게 되니, 절로 웃음이 짙어질 수밖에 없었다.

"야… 울다가 웃으면…."

짜악!

어색함에 헛소리를 던지려던 에던이었지만, 여동생의 찰진 손바닥에 등짝을 두들겨 맞으며 합죽이가 되어야만 했다.

'끄응….'

등짝의 뜨끈함에 표정을 한껏 구기려던 찰나, 갑작스레 밀려드는 가슴 한편의 따끈함에 일순 표정이 풀려버렸다.

대뜸 품안으로 달려든 리아가 그를 꼬옥 껴안고 있던 것이다.

어색하던 미소가 부드럽게 변해가고, 그 역시 기분 좋게 조카를 껴안았다.

사실, 제니스에게 정체를 들킨 건 문제없었지만, 아이에게 밝히는 건 적잖이 주저하던 부분이었다.

이미 아이들의 연기력에 부족함에 프레이라는 문젯거리를 일깨운 경험이 있던 까닭이었다.

하지만 최근 들어서는 그 문제에 대한 걱정과 우려가 일부 덜어지면서, 그의 마음이 일부 변했고, 슬슬 밝혀도 괜찮지 않을까 하는 생각을 품게 된 것이다.

이유라도 한다면 아무래도 최근 사건들과 관련이 있을 수밖에 없었다.

[델론!]

스펙터의 첫 번째 구성원이자, 그의 정보원이 되어줄 사내의 등장으로 인해서였다.

암전의 눈을 가려줄 수 있는 든든한 방패막이를 암전 내부에 설치한 것과 같으니, 더 이상 이곳에서 몸을 사릴 이유가 없었다.

물론, 그와 리아 그리고 제니스의 관계를 델론에게까지 밝힐 생각은 아니었다.

그저 멀찍이서 지켜보는 거리감을 유지할 것이고, 어슴푸레 비치는 풍경만을 가지고서는 그저 스승과 제자 정도의 관계만을 떠올릴 거라 여겼다.

이곳 검술원에 직접 발을 들이고 심도 있게 관찰하지 않는 이상, 본질에 닿기는 어려울 터였다.

당연하게도 그렇게 내버려 둘 생각이 없는 까닭에, 델론은 그저 적당히 스승과 제자라는 관계 정도만을 떠올리며, 그 관계마저도 숨기기 위해 이곳의 정보를 조작해야만 할 것이다.

이미 '헤일러'라는 나름의 안전대책은 마련되어 있는 상황에서, 델론의 보조적인 역할까지 더해진 이상, 더는 이곳에 대한 걱정을 할 필요가 없음을 깨달았다.

'기왕이면 델론 그 녀석은 이곳에 아주 뼈를 묻게 만들어야지!'

정보를 다룬다고는 하나, 굳이 델론이 움직이며 정보를 수집할 이유는 없었다. 그는 따로 요원들을 부리고 그렇게 모이고 모인 정보들을 정리하고 분석 분류하는 작업에만 능하면 되는 것이다.

여러 가지 의미로써 암전에 들키지만 않는다면, 이곳은 나름 괜찮은 은신처이기도 했다.

생각하기에 따라서는 델론에게도 나쁘지 않은 선택지일 터였다.

이 같은 이유로 아이에게 더 이상 숨기지 않기로 결정한 뒤, 조금씩 남매의 다정한 모습을 아이들에게 드러내기 시작했다.

드러냈다고 하기 보다는 더 이상 감추지 않았을 뿐이지만, 어쨌든 결과적으로는 그렇게 이어졌다.

당연하게도 리아의 단짝이라 할 수 있는 루드에게도 이같은 모습이 들켜버리고 말았는데, 리아가 알게 되면 결국 루드도 알게 될 거라는 이유로 루드에게도 숨기지 않은 것이다.

이후의 상황이 어찌 흘러갈지에 대해서는 확신할 수 없었다.

따로 아이에게 '비밀'이라는 언급을 하겠지만, 루드가 부친에게 이 같은 사실을 알리게 될지, 아니면 같은 스승의 부탁을 지켜 줄지는 아직 모른다.

기왕이면 지켜주기를 바라고 있으나, 굳이 밝힌다고 해도 크게 문제될 건 없다고 여겼다.

앞서 언급하였듯, 델론이 이곳에 자리를 잡고 있는 한, 이곳의 정보가 외부로 새어나갈 일은 없을 것이기 때문이었다.

게다가 베른의 존재 역시 무시할 수 없었다. 비록 소영주와 함께하고 있다고는 하나, 영주의 신뢰를 받는 인물이니만큼, 상황이 악화되지 않도록 조치를 취할 수 있을 터였다.

영주의 기사라고는 하나, 이제 그는 한 가정의 가장이기도 했다.

조금 늦은 나이에 얻은 사랑이었으며 아이들이기에, 그는 생각보다 가정에 충실한 부분들이 많았다.

오래지 않아 태어날 늦둥이로 인해 리아와 토드가 눈치를 볼까 염려하며, 아이들을 좀 더 챙기며 발언을 조심하는 모습에서, 그 같은 가정적인 면모를 엿볼 수 있었기에, 적잖이 확신을 가질 수 있었다.

'뭐, 여차하면….'

그가 직접 나서면 될 일이기에, 어떻게든 해결 볼 수 있을 거라 여기기도 했다.

'그나저나…'

문득, 에던은 눈에 띄게 부푼 여동생의 배를 바라봤다.

'…얼마 안 남았네.'

머릿속에 맴도는 기억들이 있었다.

레-그라자!

그곳에서 생활하며 첫 번째 수호자인 에체나에게 배웠던 몇몇 공부들이 생각난 것이다.

[세계수의 은총!]

그들 엘프들이 막 태어난 아이들에게 내리는 일종의 축복으로써, 이를 통해서 아이는 더없이 순수하고 또 깨끗한 육신을 지닌 채 평생을 살아갈 수 있다는 그들의 전통적인 의식이었다.

그 이름에서 알 수 있듯이, 세계수와 관련되어 있었는데, 침묵의 숲을 나오던 당시에 사용되었던 세계수의 잎사귀를 필요로 했다.

차이점이 있다면 마른 나뭇잎이 아닌, 생기가 넘치는 잎사귀라는 점이었는데, 그 넘치는 생명력이 어린 엘프들에게 숲의 가호를 내려주는 것이었다.

안타깝게도 에던에게는 그 같은 세계수의 잎사귀가 존재하지 않았다.

하지만 에체르와 이런저런 대화를 나누고, 중간에 크라

이드만이 멀쩡한 정신으로 몇 가지 조언을 더하면서, 굳이 세계수의 잎사귀가 아니더라도 그와 비슷한 축복을 내릴 수 있는 방법을 전해 듣기는 했었다.

뭐든 알아둬서 나쁠 건 없다는 그의 가치관에 의해, 일단 머릿속에 담아두고는 있었는데, 하루가 다르게 불러가는 여동생의 배를 보고 있노라니, 점차적으로 그 같은 공부가 머리 한 구석에서 모습을 드러내며 부각되기 시작했다.

'흐음….'

아쉽게도 리아와 토드에게는 시행할 수 없는 것으로써, 태어나고 100일이 넘지 않은 아이들에 한해서 내려줄 수 있는 일종의 '거짓' 축복이었다.

'생각해보면… 뭐, 완전히 가짜는 아니지.'

어찌 되었건 그도 '신'과 관련이 있지 않던가. 비록 그 신이 어둠에 거하는 존재라는 게 살짝 걸리기는 했지만, 그 래도 신은 신이었다.

심판자니 심연의 주인이니 하며, 조금은 불길한 느낌으로 불린다고는 하지만, 어쨌든 그가 신의 사자라는 건 확실했다.

그런 그가 행하는 것이니, 굳이 '거짓' 축복이라고 할 필요까지는 없을 듯싶었다.

[마신의 축복으로 끝 모를 힘을 얻은 자네라면 충분히 가능할 걸세.]

크라이드만은 그리 이야기했었다.

실제로 이를 행해본 적이 없어서 주저하는 마음이 있기는 했지만, 에체르와 크라이드만에게 배운 게 제법 깊이가 있었고, 그 역시 쉬는 내내 적잖이 머리를 굴려가며 이를 정리해 왔었다.

게다가 혹시나 하는 마음에 헤일러에게 조언을 얻음으로써, 완성도 역시 높은 상태였다.

몽크에게도 그 비슷한 방법이 있다는 걸 들은 까닭에, 그의 조언은 크라이드만의 이야기 못지않게 도움이 될 수 있었다.

'조금 무리한다는 생각으로 시행하면….'

에던이 좀 더 고생한다는 가정 아래, 아주 안정적으로 세계수의 축복을 흉내 낼 수 있다는 결론을 내릴 수 있었다.

거기까지 생각하던 에던의 얼굴에 옅은 그늘이 내려앉았다.

'…떠나기 전에, 할 수 있는 건 최대한 해 줘야겠지.'

이별의 시간이 머지않았음을 아는 까닭이었다.

물론, 휴식을 최대한 누릴 생각이기는 했으나, 대륙전쟁의 흐름이 아무래도 그를 편히 쉬게 둘 생각이 없는 듯싶었다.

칠성좌가 숨겨놓았던 전력들이 하나 둘 등장하고 있었고, 거기에 더해 그간 웅크리고 있던 세력들이 기회라는 듯 머리를 들고 있는 상황이었다.

암전의 움직인과 함께한다는 부분에서 짐작하건대, 그들 대부분이 암전과 연관이 있는 단체라고 여겨졌다.

게다가 이 시점에 모습을 드러내며 그들을 지원하는 것만으로도 충분히 전쟁의 양상을 뒤틀어버리기에 충분해 보였다.

'…애초에 쉬운 상대라고 생각하지도 않았으니까.'

이런 변화에 당황할 이유가 없었다. 단지, 이제부터가 시작이라는 느낌으로 인해 뒷목이 살짝 뻐근할 뿐이었다.

'뭐, 일단은 지금을 즐겨야겠지.'

슬그머니 품 안의 온기가 올라가는 게 느껴졌다. 에던을 꼬옥 끌어안고 있는 누나의 모습을 발견한 토드가 그 영문도 모른 채 달려와 그의 품에 파고든 까닭이었다.

아이는 마냥 좋다는 얼굴로 헤죽거리고 있었다.

슬쩍 옆으로 시선을 돌리자, 제니스가 아이들을 꼭 닮은 얼굴로 웃고 있는 게 보였다.

그 미소에서 흐릿하니 모친의 미소가 떠오르는 것 같아, 괜스레 눈시울이 붉어질 것 같았지만, 그렇다고 울상이 되지는 않았다.

환하게 웃으며 그저 지금을 즐길 뿐이었다.

❖ ✛ ❖

[인세의 마왕!]

최근 가장 대륙을 뜨겁게 달구고 있는 별빛의 주인으로써, 근래 들어서는 그의 이름이 언제나 별빛들 중에서 가장 화려하게 빛나고 있었지만, 그가 등장하기 전까지만 해도 별자리들 중 가장 큰 빛을 발하는 존재는 따로 있었다.

[사이람 아드레안!]

과거 일곱 초인의 체제 속에서, 대륙 모든 별 중에서도 가장 뛰어나다 알려진 별빛이었다.

[첫 번째 별!]

그를 칭하는 단어였다.

실제로 그의 실력이 초인들 중 첫 번째라고 알려진 건 아니었으나, 대부분의 사람들은 그를 가장 높은 곳에 올려놓기를 주저하지 않았다.

거기에는 많은 이유들이 있었는데, 그 중 하나를 꼽자면 그의 가문이 결정적일 터였다.

[레아-발람!]

기사들의 성지라고도 불리는 그곳, 대륙 제일의 명가라고 불리는 검가의 주인이기 때문이었다.

각 대륙마다 명가라 불리는 가문들이 있기는 하나, 그들 아드레안의 이름 앞에서는 아무래도 빛이 바래는 경향이 있을 수밖에 없었다.

대대로 아드레안의 주인들 중 별빛을 품지 못한 존재가 없다는 점도 그들을 더욱 찬란하게 만들어줬다.

뿐만 아니었다.

그들이 그 어느 왕국에도 소속되지 않은 개별적인 가문이며 세력이라는 점 역시도 특별함에 한몫을 더했다.

어찌 일개 가문이 왕국들의 틈바구니 속에서 제 목소리를 높이며 살아남을 수 있단 말인가?

사람들은 그 이유가 그들 명가의 능력이라고 여겼다.

"능력… 그럴지도 모르지."

하지만 진실은 조금 달랐다.

"칠성좌의 비호가 있으니까 가능한 일이지."

동대륙 칠성좌의 주인, 데오테른의 메세티안 국왕은 그리 중얼거리다 이내 입맛을 다시며 고개를 저었다.

"아니군… '그'의 가호라고 해야 하려나. 흠…."

왠지 모르게 입맛이 썼다.

[유령왕!]

첫 번째 무덤의 주인이라 불리는 존재로써, 칠성좌의 움직임에 일말의 주저함을 새겨 넣는 자, 그가 바로 아드레안을 지키고 있었다.

그의 손길이 닿는다는 점에서, 분명 그것도 능력이라면 능력일 터였다.

메세티안은 쓰게 웃으며 한 장의 문서를 내려다봤다.

[출!]

짧은 한마디였지만, 깊은 의미가 있었다.

첫 번째 별, 사이람 아드레안!

그가 바깥으로 나온다는 뜻이었고, 이는 즉 유령왕의 본격적인 개입이 시작된다는 소리이기도 했다.

"쯧…."

당연하게도 기분이 좋을 수가 없었다.

그나마 다행이라면, 이곳은 동쪽이라는 점이었다.

아드레안의 위치는 중앙대륙에서도 가장 중앙에 가까운 곳에 위치해 있었다. 마치 의도적으로 그곳에 자리를 잡은 느낌이 강했다.

"나보다는 중앙 놈들이 더 문제이려나. 흠…."

그리 생각하니 잠시나마 기분이 풀어지는 것도 같았다.

'유령왕이라….'

새로운 폭풍이 밀려들고 있었다.

❖ ✛ ❖

어지간한 일이 아니면 집밖을 나설 이유가 없었다. 하지만 그를 부르는 소리가 들려왔고, 그는 거부할 수 있는 입장이 아니었다.

"아무래도 생각보다 상황이 심각하다는 뜻이겠지."

그는 그렇게 세상으로 나올 수 있었다.

"칠성좌가 애를 먹어야 할 상대라… 쯧!"

입맛이 썼다.

'어지간하면 나서지 않는 게 좋은 것을….'

하지만 어쩔 수 없었다.

[첫 번째 별, 사이람 아드레안!]

영광스러운 그 칭호에도 불구하고 그는 '명령'을 따라

야만 하는 위치였다.

'유령왕…'

칠성좌가 '그'를 어찌 부르는지 알고 있었다. 애초에 그 같은 별명을 붙인 게 아드레안 가문이었으니 모를 수가 없었다.

기사들의 성지요 대륙을 대표하는 명가라고 불린다.

'…그러면 뭐하나.'

결국, 꼭두각시일 뿐이라는 걸 잘 알고 있었다.

"후우…."

자그마하니 흘리는 웃음 속에는 그저 공허한 바람만이 가득할 뿐이었다.

"…또 쓸데없는 눈치싸움을 해야 하려나."

사이람은 쓰게 웃으며 칠성좌들을 떠올렸다.

그가 가주의 자리에 오를 때, 그 일곱 권좌의 주인들을 한 번씩 마주한 적이 있었다.

당시의 기억을 떠올리면, 지금도 헛웃음만 나왔다.

'저들이나 우리나 다를 것이 없는 것을…'

일곱 권좌의 주인들은 철저하게 그를 무시하려 했고 또 짓누르려 들었다. 때문에 결국 참다못해서 기세를 살짝 내비쳤고, 그것으로 상황은 정리되어 버렸다.

다시 생각해도 입맛이 썼다.

그들과의 골이 더욱 깊어졌던 사건인 까닭이었다.

'쯧… 하긴, 그때는 나도 젊었으니.'

무의미한 다툼일 뿐이었건만. 결국 그 역시도 이를 피하지 않았음에, 불은 지펴졌고 불길은 뜨겁게 타올라 버렸다.

'그 불씨의 주인은 멀찍이서 구경만 하고 있는 것을….'

저들도 알고 있을 것이다. 그럼에도 불구하고 불길에 취하는 이유라면 그간 쌓여온 울분 때문이리라.

대리만족일지도 모르겠으나, 그를 대상으로 저들 나름의 우월감을 맛보고 싶었을 것이다.

결론적으로 이야기하자면, 결국 저들은 원하던 결과를 얻지 못했고, 상황은 더욱 악화되었을 뿐이었다.

그런 이유로 칠성좌와의 벽은 여전히 두터웠고, 자연히 저 밖으로 향하는 걸음걸음이 무거울 수밖에 없었다.

"후우… 이 나이에 설마, 또 이 짓거리를 해야 하다니."

생각해보면 그도 어느새 여든에 가까운 나이였고, 슬슬 이 같은 작업이 번거로울 수밖에 없었다.

물론, 외형적으로 봤을 때는 아직 40대 후반 정도의 모습일 뿐이기는 했다. 이른 나이에 경지를 이뤘고, 이후에도 꾸준히 성장을 거듭해 온 덕분에 노화라는 녀석이 생각보다 늦게 찾아든 것이다.

그래도 분명한 건, 그의 내면나이는 일흔에 가깝다는 점이었다.

"좀 더 일찌감치 자리를 내려놨어야 하는데."

이미 든든한 후계도 있었건만, 너무 오래 해먹었다며 후회가 밀려들었으나, 이내 은퇴를 결심했더라도 지금 같은 상황에서는 그가 나섰을 거라 여겼다.

"막판에 제대로 꼬이는구만. 에휴…."

설마, 이 시점에서 '그'의 명령이 떨어질 줄이야. 후계에게 맡기고 물러나도 되겠으나, 상대가 상대인 만큼 그가 마무리를 짓고자 하는 것이다.

'용병왕이라.'

사신 혹은 인세의 마왕이라 불리는 초월자가 일으키는 사건들 중 어느 하나 상식적인 게 없었다.

별들의 시점에서 봤을 때에도 그의 행보는 상식 밖이었다. 때문에 그가 직접 나서는 게 최선이라는 판단을 내렸다.

'아이들이 감당할 수준이 아니야.'

소문이라는 게 항상 진실을 이야기하는 건 아니라는 걸 알지만, 이번만큼은 의심의 무게가 얕을 수밖에 없었다.

칠성좌가 그저 그런 소문의 주인에게 그토록 당한다는 건 말이 안 되는 일이기 때문이었다.

그뿐만이 아니었다. 상대는 개인의 역량으로 암전의 전체적인 균형까지 비틀어 버렸다.

물론, 거기에는 반란세력들의 움직임이 결정적이었지만, 그 계기가 되었던 건 분명 용병왕에게 있었다는 걸, 뿌리의 일원이라면 누구 하나 부정하지 못할 것이다.

게다가 암전에서 보내온 정보까지 더해 봐도, 소문에 부족하지 않을 실력을 지니고 있을 거라 여겨졌다.

그리고 이 부분 때문에 그나마 디딤발에 일말의 힘이 실리는 것이기도 했다.

[기대감!]

들리는 이야기의 절반만 된다고 해도 충분히 그를 긴장시켜줄 수 있을 터였다.

원치 않는 행보인 만큼, 이런 부분에서라도 만족감을 달성하려는 것이다.

'제발 소문의 반만이라도 되어다오.'

아직은 청춘이었음일까?

순간, 그의 두 눈과 얼굴에 젊은이들 못지않은 뜨거운 열기가 일렁거렸다.

※ ✛ ※

제대로 한 방 맞았다고 해야 할까?

"하… 사이람 아드레안이라니."

그야말로 웃는 게 웃는 게 아니었다.

"기사의 왕이란 말이지."

에던으로써는 정말 생각지도 못한 상황이었다.

설마, 저 숭고한 기사들의 정점이 진창의 왕, 칠성좌들과 결탁한 무리였을 줄이야.

이번만큼은 세릴 역시도 의외였던지, 그녀 역시도 이 갑작스런 소식을 접하고는 적잖게 놀라야만 했다.

[용병들의 왕에게 자격을 묻겠다!]

사이람 아드레안이 기사들의 성지 레아-발람을 나오며 던진 외침이었다.

그 덕분에 아드레안 가문이 암전과 연결되어 있다는 귀한 추측성 정보를 얻을 수 있었지만, 얻은 것 이상으로 골치 아픈 문젯거리가 발생해 버렸다.

각 대륙마다 기사들의 관심을 끌어 모으는 명가들이 존재하지만, 그들 중 어느 하나도 감히 기사들의 성지라고 불리지는 못한다.

오로지 아드레안의 터전인 레아-발람만이 그처럼 불릴 수 있을 뿐이었다.

그런 이유로 인해 아드레안의 주인은 '기사들의 왕'이라는 이야기가 나돌기도 할 정도였다.

에던이 용병들의 정점이라면, 사이람은 기사들의 정점이었다.

당연하게도 그가 나서서 외침으로 인해, 대륙의 많은 기사들이 에던을 향해 날을 세우게 될 터였다.

게다가 그를 비호하는 용병들에게도 그 이빨을 드러내는 상황이 발생할지도 몰랐다. 상황이 그렇게 된다면 자연히 용병들의 행동이 위축될 수밖에 없고, 이는 에던의 영향력이 줄어드는 결과로 이어질 수도 있었다.

"와… 이렇게 통수를 칠 줄이야."

비록 용병과 기사로 나뉜다고는 하나, 기사들의 왕이라

불리는 아드레안의 주인은 검을 든 이들에게는 동경의 대상과도 같았다.

별의 영역에 이른 초월자와는 다른 의미로써 품게 되는 것이고, 에던 역시도 그와 크게 다르지 않았다.

때문에 그 충격이 더욱 남다른 것일지도 몰랐다.

분명, 대륙적으로 놓고 비교를 한다면, 용병들의 숫자가 기사들을 압도하는 건 맞았다.

하지만 그 내용적인 면에서 본다면, 기사들의 실력이 우세였다.

사이람의 발언이 위험한 건, 그로 인해서 용병계에 한 발씩 걸치고 있는 기사들이 움직일 위험성이 있다는 것이었다.

[자유기사!]

차라리 국가에 속해있는 기사들의 경우는 문제 될 게 없었다. 그들은 따르는 '왕'이 있었고 지킬 '백성'들이 존재했다.

하지만 자유기사들은 달랐다.

따르거나 지킬 존재가 없는 까닭이었다. 용병계에 적잖은 무게감을 실어주는 이들이 자유기사라는 존재였다. 그런 이들의 이탈은 분명 골치 아픈 후폭풍을 몰아오기에 충분할 터였다.

특히, 사이람이 에던을 향해 목소리를 냈다는 부분에서, 그의 존재를 부정하는 이들이 하나 둘 등장할 확률이 높았다.

그가 비록 에던을 부정하거나 또는 긍정하는 단편적인 모습을 보인 건 아니었지만, 일단 비쳐지는 분위기가 좋은 모양새가 아닌 만큼, 골머리 아픈 상황이 발생할 수도 있었다.

간단히 예를 들자면, 자유기사들의 전장 투입 같은 경우를 들 수 있었다.

용병왕을 부정하고자 용병의 빈자리를 그들이 찾아들어가는 것이다. 극단적이라 할 수 있겠지만, 용병 못지않게 거칠고 한편으로는 꽉 막힌 구석도 있는 만큼, 충분히 가능한 이야기였다.

비록 용병들처럼 떠도는 삶을 살아간다고는 하나, 그들은 분명 '기사'라 불리는 이들이었고, 그 실력은 충분히 용병들의 수준을 넘어서 있었다.

그 개개인을 놓고 본다면, 뛰어나다 할 만한 실력까지는 아니겠으나, 어쨌든 '최소' 기사급의 실력자들이 대거 전장에 투입된다면, 전쟁의 분위기가 대번에 바뀔지도 몰랐다.

"정말… 대단하네."

셰릴은 그처럼 말하며 사이람의 등장시기를 계산했다. 칠성좌가 숨겨놓은 전력을 꺼내놓고 전장의 흐름을 뒤집고 있을 때 적절하게 나타났다.

덕분에 전장에 피어나는 어둠이 일부 가려졌을 것이다. 칠성좌가 숨겨놨던 전력인 만큼 정상일 확률이 낮은 까닭이었다.

사이람의 등장은 그로 피어나는 불순한 공기들을 상당부분 거둬가는 역할도 했을 터였다.

"자격을 묻는다고? 웃기는 놈이네 이거. 제깟 놈이 무슨 자격으로 남의 영역을 넘봐!"

잠시 잠깐은 충격에 말문을 잇지 못하던 셰릴이었으나, 그 같은 분위기가 가시고 나자, 마치 기다렸다는 듯 분노가 솟구치며 목소리가 한껏 높아지기 시작했다.

"기사들이 좀 띄워주니까 정말로 왕이라도 되는 줄 아나. 이런 씨버럴…."

그리고 기어이 욕지거리까지 터져 나왔다. 마치 장맛비마냥 쏟아지는 시원한 욕설의 향연에 정작 한 방 먹은 당사자인 에던은 조용히 구겨져야만 했다.

헌데, 이런 셰릴보다도 더욱 폭발하는 존재가 있었다.

"이 빌어먹을 영감탱이가!"

다름 아닌 그녀의 스승이었는데, 체넨은 사이람에 대한 정보를 전하자 그 자리에서 마치 활화산처럼 성난 기세를 퍼트렸다.

헤일러의 통제가 아니었더라면 검술원이 무너져도 이상하지 않을 그런 폭풍우 같은 기세였다.

갑자기 왜 이렇게 분노하는 것일까?

이유인 즉,

루드말과 사이람!

그들 두 초월자들은 한때 체넨을 사이에 두고 미묘한

공기를 피우던 전적이 있던 사이였다.

당연하게도 루드말 역시 사이람에 대해 아는 눈치였다.

"그러니까 전에도 말했잖아. 생긴 게 수상하다고…."

슬쩍 한마디 얹어가려던 루드말이었지만, 체넨의 서슬 퍼런 눈초리에 조용히 구겨져야만 했다.

일종의 삼각관계라고 할 수 있었는데, 굳이 그 관계에 대해 정의를 하자면, 루드말과 체넨의 만남이 이뤄지고 그들 사이의 공기에 달짝지근한 기류가 흐를 즈음, 환기를 시키듯 변수처럼 등장한 게 바로 사이람이었다.

물론, 삼각관계가 제대로 형성되기 전에, 사이람이 먼저 물러났지만, 그의 존재로 인해 루드말과 체넨의 관계가 적잖이 흐트러질 수밖에 없었다.

그들의 관계가 본격적으로 꼬이기 시작했던 것도 그 즈음이었을 것이다.

이 같은 이유로 사이람에 대해 못마땅한 부분이 있건만, 상대가 칠성좌와 연관되어 있다는 것이다.

충분히 폭발하기에 합당한 사유였다.

"이봐, 사위."

왠지 조금은 뜬금없는 체넨의 부름에, 루드말의 곁에 구겨져 있던 에던이 깜짝 놀라 고개를 들었다.

그녀가 '사위'로 칭하는 건 오로지 에던 한 사람뿐이기 때문이었다.

"예… 옛? 저요?"

두 여인들의 서슬 퍼런 기세에 한껏 움츠리고 있던 에던이 슬그머니 어깨를 펴며 체넨을 바라봤다.

"이 노망난 영감탱이, 아주 제대로 발라버려."

그러면서 던져오는 사나온 눈빛에 에던이 저도 모르게 고개를 끄덕여 버렸다.

"노인공격! 알겠어?"

과연, 그녀는 자신이 무슨 소리를 하고 있는지나 아는 걸까? 어색하니 고개를 끄덕이는 에던의 시야 속으로, 쓰게 웃는 헤일러의 모습이 들어왔다.

'와… 정말 성질 불같다!'

셰릴이 누굴 닮았는지 새삼 깨닫는 순간이기도 했다.

❀ ✛ ❀

헛웃음이 절로 나왔다.

"자유기사라니."

설마, 이런 식으로 상황을 해결시킬 줄이야.

"다른 누구도 아닌, 그놈이기에 가능한 일이겠지. 후…."

기사들의 왕이라 불리기도 하는 존재, 떠올리는 것만으로도 과거의 굴욕감을 되새기게끔 하는 존재.

"사이람 아드레안…."

그의 눈빛을 받아내지 못했고, 그의 기세를 감당하지 못했으며, 그의 의지를 꺾어버리지 못했던 과거가 생각났다.

트레이셸 왕국의 국왕 라벨르만은 옛 기억을 떠올리다 그 상처까지 기억해내고는 슬쩍 표정을 구겨야만 했다.

그러다 다시금 헛웃음을 토해내는 건, 지금 상황이 실로 황당했던 까닭이리라.

"한 개인의 힘을 무시한 적은 없다고 여겼건만…."

설마하니 그게 이 정도일 거라고는 생각지도 못했다.

용병왕의 탄생으로 전장의 흐름이 막혔고, 기사들의 왕이 등장하며 그 흐름이 다시 뚫리려는 모습을 보이고 있었다.

그저 대귀족들의 영지전이나 자그마한 약소 왕국의 전쟁이라면 충분히 가능할 법도 하다는 생각을 했지만, 지금 이건 그 정도 규모가 아니었다.

대륙적으로 발발한 거대한 전쟁판이었다.

"하…."

웃는 게 웃는 게 아닌 기분이 이런 것일까.

"…하긴, 용병왕이 가능한 일을 기사왕이 못할 리가 없겠지."

고개를 절레절레 흔들던 그가 한쪽 벽에 세워놓은 지도를 바라봤다.

칠성좌의 숨겨진 전력들을 꺼내들면서 전쟁의 분위기가 변화하는 모습이 지도 가득 세세하게 새겨져 있었다.

이번 사태를 기점으로 저 같은 흐름이 가속화될 것이고, 머잖아 그들이 언제나 그려오던 승리의 구도가 완성될 거라 여겼다.

그 존재의 등장만으로도 이만큼의 도움을 받게 된 것이다.

특히, 기사왕이 용병왕을 시험한다는 식의 발언이 주요했다. 용병계에 한 발 담고 있던 자유기사들로 하여금 그들의 본질이 무엇인지 깨닫게 만들며, 그 행동에 자율성을 부여한 까닭이었다.

물론, 용병들의 왕을 기사의 왕이 시험한다는 부분에서 용병들의 반발이 있을 수도 있겠지만 크게 걱정하지는 않았다.

비록 지금은 몇몇 사건들로 인해 그 목소리가 줄었다고는 하나, 기본적으로 용병들 속에서도 왕의 출현을 부정하는 이들이 제법 되기 때문이었다.

더구나 아직까지는 각 길드마다 왕의 존재에 거부감을 비치는 이들이 많은 까닭에, 이 기회에 왕의 권위를 흠집 내려 할 확률이 높았다.

"전세 역전인가."

분명 기분이 좋아야 할 상황이었지만, 웃기 어려운 건 아무래도 그들 칠성좌가 이뤄낸 결과가 아닌 까닭이리라.

물론, 그렇다고 해서 이를 거부할 생각은 없었다.

'…일단은 누려야겠지.'

비록 그 입맛이 쓰다고는 하나, 어찌 되었건 지금 이 기회는 승기를 잡기 위한 절호의 선택지였다.

'문제라고 한다면….'

그 선택지가 그들에게만 제공된 게 아니라는 점이었다. 자유기사들의 활동이 시작된다고 해서, 그게 칠성좌의 영역으로 몰린다는 의미는 아니었다.

말인 즉,

반란세력 역시도 저들을 끌어들일 수 있다는 의미였다.

물론, 기존에 암전이 구축해놓은 영역이 워낙 확고한 까닭에, 아무래도 칠성좌가 조금쯤은 더 앞서나가는 경향은 있을 것이다.

저들도 절반쯤은 용병계에 발을 담고 있었기 때문이다. 하지만 그렇다고 해서 절대적으로 유리하다는 건 아니었기에, 방심할 수도 없었다.

어쨌든 분명한 건 조금이라도 득을 보고 있다는 것이고, 긴장감만 잘 유지한다면 이 작은 차이를 크게 벌릴 가능성이 존재한다는 점이었다.

'기회라는 건 자주 오는 게 아니지!'

그런 만큼 이번은 필히 잡아야 하는 부분이었다. 특히, 사이람이 가문을 나서기 전, 먼저 소식을 전해 받았던 만큼, 최소한의 준비도 마친 상태였다.

이제는 흐름을 가져오는 일만 남은 것이다.

'트라제!'

최근 트레이셸을 가장 위협하고 있는 왕국, 에넥시드의 국왕을 머릿속으로 되뇌며, 벽에 세워둔 지도를 강하게 찍었다.

그의 손아래 에넉시드의 수도가 짓눌리고 있었다.

※ ✛ ※

휴식은 돌연 그 끝을 고해야만 했다.

갑작스런 상황변화에 따라 에던 역시도 더는 쉬고 있기가 어려움을 알았다.

물론, 그 해결법이 생각보다 간단하기는 했다.

이 상황 자체가 너무도 급작스럽게 전개되었고, 이제 막 출발점이라는 부분에서 생각해 봤을 때, 이 사건의 발단이 되는 존재만 끊어내면 되는 것이다.

"기사왕이라…."

에던은 쓰게 웃으며 그의 휴식을 방해한 이를 떠올렸다. 실제 만난 적은 없었지만, 워낙 유명한 존재이니 만큼, 레드문을 통해 그 얼굴 정도는 확인할 수 있었다.

기사들의 성지에서 주기적으로 이뤄지는 그들만의 축제로 인해, 사이람의 얼굴은 매해 새롭게 갱신되고는 했고, 덕분에 에던은 가장 최근의 정보를 머릿속에 담아둔 상태였다.

레드문의 정보력으로 일단 그의 동선을 파악하고 있기는 하지만, 저들도 암전이라는 정보단체의 도움을 얻고 있는 만큼, 정보의 조작이 발생할 수도 있었다.

물론, 에던을 만나려 움직이고 있다는 걸 생각해 봤을

때, 의도적으로 피할 확률은 낮겠으나, 그런 상황은 오히려 에던 측에서 멀리해야 할 터였다.

저들이 바라는 만남은 분명 저들의 무대에서 이뤄질 것이기 때문이었다. 나름대로 에던에 대해 경험을 해봤다고 할 수 있는 이들이기에, 만반의 준비를 한 채 기다리고 있을 확률이 높았다.

그간 상황들이 어찌되었건, 저들은 대륙 이면의 지배자들 중 하나인 '암전의 주인'들이었다.

레드문의 적절한 도움과 허를 찌르는 움직임 그리고 에던 본인의 상식을 벗어난 능력까지, 암전이 당할 수밖에 없는 조건이 수두룩했고, 조금은 일방적인 모습들을 보일 수 있었던 것이다.

하지만 지금은 이러한 부분들을 하나하나 경험했고, 그들 나름의 계획을 수립했을 확률이 높았다.

[그러니까 무작정 달려드는 건 피하란 말이야.]

셰릴은 그처럼 말하며 연신 에던을 쏘아붙였었다.

이는 에던이 대뜸 사이람을 만나러 가겠다고 한 이후 발생한 상황으로써, 셰릴과의 지독한 면담을 감수해야만 했다.

'…쉬운 길 놔두고 왜 돌아가?'

한 차례 그 같은 주장을 던졌다가, 잔소리를 더욱 길게 들어야만 했던 걸 떠올리면, 입가의 쓴웃음이 한층 짙어질 수밖에 없었다.

그렇다고 해서 직접적인 만남을 피하는 건 아니었다. 단지, 저들이 꾸며놓은 무대로 올라가는 걸 조심하려는 것으로써, 상황만 주어진다면 셰릴 역시도 에던의 등을 떠밀 준비가 되어 있었다.

그 같은 이유로 에던은 현재 사이람을 만나러 가는 게 아닌, 전혀 다른 새로운 일을 꾸미기 위해 움직이는 중이었다.

[저들의 의도대로 움직이면 안 돼.]

레일라는 그리 말하며 에던에게 몇 가지 조언을 해 줬고, 거기에 충실히 따르기로 결정을 내린 상황이었다.

'기사들의 성지라….'

에던이 향하는 곳은 중앙 대륙에서도 가장 중앙에 가까운 곳, 모든 기사들이 지향하는 곳!

[레아-발람!]

첫 번째 별, 사이람 아드레안의 거처로 향하고 있었다. 기사왕의 도발에 그 역시 도발로써 응수하는 것이다.

물론, 외형적인 모습은 최대한 예의를 갖춘 형태여야 했다.

"그래야 제대로 물을 먹일 수 있다고 그랬지."

생각보다 그 거리가 만만찮은 까닭에, 에던은 홀로 움직이기로 결정하고는 길을 나설 생각이었다.

별의 영역을 넘어선 그의 전력질주는 상식의 영역을 아득히 벗어난 까닭에, 홀로 움직이는 게 시간을 최대한으로 절약할 수 있기 때문이었다.

하지만 이런 그의 의도는 재차 저지될 수밖에 없었다.

[미친 거 아니야?]

셰릴의 격한 반응과,

[돌았군.]

레일라의 냉랭한 태도까지, 그로 하여금 결국 동행을 끼
게 만들었다.

[아주 박살을 내주겠어!]

격렬한 기세와 함께 체넨이 먼저 동행을 요구했었으나,
이내 셰릴의 만류에 뒤로 빠져야만 했다.

암전 그리고 아드레안을 상대하기 위함이지, 모든 기사
들을 적으로 돌리기 위함이 아니었던 까닭에, 그런 격렬함
은 일단 제외할 수밖에 없었다.

자연스레 셰릴과 레일라가 동행으로 나섰지만, 그들 역
시도 막아서는 이가 있었다.

각기 체넨과 루드말이었는데, 셰릴은 자리를 비운 시간
이 짧지 않았던 만큼 레드문에 좀 더 전념할 때라면서 막아
선 것이고, 레일라의 경우에는 막아섰다고 하기 보다는 루
드말의 고집이 앞섰다는 느낌이 강했다.

[기사들의 성지에는 기사가 간다!]

그러며 이어붙인 한마디가 가관이었다.

[마법사면 마탑이지.]

황당하다고 해야 할까?

[게다가 애들도 가르쳐야 할 거 아냐.]

침착 냉정의 대명사 같던 레일라가 잠시 의식의 흐름을 놓친 듯, 벙찐 표정을 지어보였고, 기회는 이때라는 듯 루드말이 어필을 시작했다.

[그놈들 경계심을 흐리기 위해서라도, 기왕이면 기사가 함께하는 게 좋을 걸.]

이런 저런 이야기로 한껏 자신을 내세우는데, 결국 레일라도 한 발 물러날 수밖에 없었고, 결국 에던은 루드말과 동행하기로 결정을 내린 것이다.

그의 이야기처럼 루드말은 기사였다. 그것도 명문 검가의 일원이었고, 그 같은 이유로 젊은 시절에 이미 레아-발람에 발을 들인 경험이 있었다.

당연히 길 안내도 가능했다.

혼자서도 찾아갈 수 있긴 하지만, 레드문에서 전해준 지도만 가지고 방향을 잡고 가는 것과, 제대로 된 길을 아는 안내자가 붙는 건 차이가 컸다.

레드문에서 안내자를 붙여줄 수도 있지만, 이 부분에 대해서는 에던이 거부했다.

그들과 함께하는 건 시간 소모가 큰 까닭이었다.

무리해서 속도를 내자고 사람 하나를 끼고 쉴 새 없이 질주하는 방법도 있겠으나, 별의 영역 그 너머에 닿아 괴력을 얻은 그로써도 이는 쉬운 일이 아니었다.

이 같은 이유로 루드말과의 동행 정도는 받아들일 수

있는 부분이었다.

갑작스런 사건으로 휴식이 끊겼지만, 아직 그가 바라던 수준까지 쉬었던 건 아니었다. 적어도 한 계절 정도는 더 여동생과 보내고, 거기에 더해 관계의 비밀을 밝힌 리아와도 좀 더 많은 시간을 가지고 싶었다.

특히, 여동생이 아이를 낳고 거짓 축복을 새겨줄 때까지는 최대한 머물고 싶은 마음이었다.

때문에 최대한 빠른 해결을 보려 했던 것이지만, 셰릴의 만류로 인해 이 부분은 일단 미룰 수밖에 없었다.

그나마 다행인 건, 레일라가 제시한 차선이라면 중간중간 쉴 시간이 생길 것이기에, 그나마 만족할 수 있는 부분이었다.

다시 검술원으로 돌아간다는 걸 전하고자, 레일라가 그곳에 머물고 있는 것이기도 했다.

당연하게도 이는 여동생을 안심시키기 위한 조치로써, 비록 내색은 안 한다고 하지만, 그가 '외출'을 할 때면 제니스의 표정에 옅은 그늘이 스쳐가는 걸 알고 있었다.

언제고 떠나는 날이 오겠지만, 아직 그럴 생각이 없는 상황에서 여동생을 걱정시키고 싶지 않았던 탓에, 그 같은 조치를 취하는 것이었다.

"무슨 생각을 그리 하나?"

곁에서 들려온 목소리에 퍼뜩 상념에서 깨어난 에던이 고개를 돌려 음성의 주인을 바라봤다.

안내자의 역할을 자처한 루드말이 웃음을 던지며 그를 쳐다보고 있었다. 그 시선에 쓰게 웃으며 상념들을 완전히 털어낸 에던이 화제를 돌리고자 슬쩍 질문을 던졌다.

"대체 언제 도착하는 겁니까?"

퉁명스런 그의 말투에 루드말이 고개를 절레절레 저었다. 대답을 회피하려는 그의 의도를 읽은 까닭이었다.

'뭐… 그래봤자 뻔하지만.'

에던이 무슨 생각을 했을지는 충분히 짐작할 수 있었다. 떠나던 당시 여동생을 바라보던 눈길과 마지막까지 검술원을 시야에 담아두던 태도를 생각한다면, 열에 일곱은 그와 관련된 부분일 터였다.

확률적으로 나름의 추측이 가능한 것이다. 작게 실소를 흘린 그가 대답 대신 손가락을 들어 한 방향을 가리켰다.

에던의 시선이 자연스레 그곳으로 향했고, 오래지 않아 표정을 굳혀야만 했다.

단체라고 할 수 없는 개별의 무리들이 각기 한 방향으로 움직이고 있는 걸 본 까닭이었다.

이 정도는 그리 특별할 게 없었다. 상단들도 저런 방식으로 무리를 이뤄서 스스로를 보호하며 이동을 하는 까닭이었다.

하지만 그들이 죄다 '기사'들이라면 이야기가 달라진다.

"레아-발람까지는 아직 거리가 제법 남아있기는 하지만, 기사들에게는 여기부터 이미 성지나 다름없다네."

입구이며 관문과도 같은 공간인 것이다.

"지금부터는 속도를 줄이고 저들과 발을 맞춰야 할 거야."

그 말에 에던이 불만스런 기색을 내비치자 루드말이 고개를 저으며 말했다.

"말했잖나. 여기는 이미 '성지'라고. 저들을 보게. 뛰거나 걸음을 재촉하는 이들이 있나?"

그 말에 에던의 눈가에 이채가 스쳤다.

'확실히⋯.'

누구하나 걸음을 재촉하는 이들이 없었다. 자세히 살피니 말에서 내려 직접 고삐를 끌며 걸어가는 이들도 보였다.

"자네는 이곳에 도발을 하러 온 건 맞지만, 행패를 부리려고 온 건 아니라는 걸 명심하게."

루드말은 그 말을 남기며 먼저 앞으로 향했다. 그 모습에 잠시 눈살을 찌푸리던 에던이 짧은 한숨과 함께 조용히 그 뒤를 따랐다.

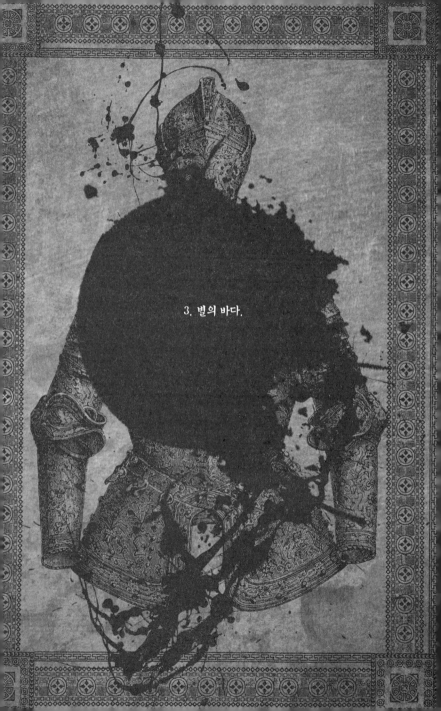

3. 별의 바다.

3. 별의 바다.

기사들의 성지!

이 단어를 생각하면 자연히 떠오르는 명칭이 있었다.

[레아-발람!]

고대의 언어로써 '별의 바다' 라는 뜻을 품은 곳으로써,
수많은 실력자들을 배출해내고, 거기에 더해 오랜 세월 전
통을 이어온 아드레안 검가의 터전이기도 하며, 그로 인해
서 많은 기사들의 순례지로도 여겨지는 특별한 장소였다.

사실, 그곳이 처음부터 지금과 같은 자리에 오른 건 아니
었다.

영광의 장소가 되기 위해, 그들은 나름의 진통을 겪어야
만 했고, 이를 이겨내고 역사를 쌓았기에 지금의 터를 닦고

성지라고까지 불리게 된 것이었는데, 그 진통과 역사라는
게 그야말로 하나의 전설과도 같았다.

아드레안 검가!

사실, 그들을 하나의 검가라고 부르며 칭하고 있지만, 그
내부로 들어가면 단일 세력이 아닌, 나름의 줄기가 나눠져
서 뿌리를 내리고 있었다.

가문 속의 가문이라 할 수 있었는데, 아드레안을 지키는
다섯 기사단이 바로 아드레안을 대표하는 집단이며, 가문
의 중심이고 또 기둥이었다.

그들은 각자 다른 형상의 깃발과 문장을 사용하는데, 이
는 기사단의 깃발이며 동시에 그들 가문의 문장이기도 했
다.

"검가의 문장은 그럼 뭔데요?"

이상하다는 듯 고개를 갸웃거리다 던지는 에던의 물음에
루드말이 어깨를 으쓱이며 입을 열었다.

"그건 또 별도지."

가문을 세우고 자체적으로 다시 만든 것이다.

"다섯 가문이 모여서 새롭게 일군 검가를 잘 이끌면서,
한편으로는 옛것의 소중함도 잊지 말자면서 다섯 가문의
깃발과 문장을 사용한 거지."

하지만 사람 일이라는 게 언제나 의도대로 되는 게 아니
듯, 그들 아드레안 검가 역시도 그 방향성에서 일부 어긋나
는 상황이 발생하고야 말았다.

과거를 기억하며 미래를 지향하자던 계획이건만, 점차적으로 과거에 얽매이는 현상이 발생한 것이다.

"다섯 기사단의 깃발에 옛 가문의 문장들이 사용되는 게 그 증거지."

루드말의 이야기에 에딘이 고개를 절레절레 저었다.

"그러면서도 용케 레아–발람을 세웠네요."

"뭐, 속병이 겉으로 드러나는 경우가 흔한 건 아니니까."

다섯이 뭉쳐 하나를 이뤘고, 그게 다시 다섯으로 나뉘었다.

"여기에서 중요한 건, 어쨌든 한 번 뭉쳤다는 점이지."

그들 나름의 울타리가 형성된 것이다.

"게다가 주변 환경도 그들이 떨어지기가 어려웠지."

아드레안의 특징을 떠올리면 아주 간단히 그 답을 알 수 있었다.

"알다시피 그들은 '국가'를 지니지 않았으니까."

자체적으로 나라며 왕국이고 국가였다. 주변국들의 견제를 받을 수밖에 없었다.

이 부분에서 그들의 독특한 역사가 등장한다.

"아드레안 검가를 대표하는 다섯 가문은 주변의 다섯 왕국의 명가에 그 뿌리를 두고 있거든."

실로 특이한 역사며 배경이었다.

"뭉쳐야만 살 수 있지만, 흩어져야 숨을 쉴 수 있는 관계지."

하나의 검에 모였지만, 다섯의 방패를 들었다.

"게다가 현 가주의 뿌리라고 할 수 있는 사이람의 가문이 오랜 시간 독주하는 형태가 되다 보니, 그들 사이의 골은 더욱 깊어졌을 거야."

그럼에도 불구하고 레아-발람은 여전히 기사들의 성지였고, 아드레안은 기사들의 목표가 되어 있었다.

아주 간단한 이유였다.

[레아-발람은 언제나 별이 떠있다!]

고대어로 '별의 바다'라는 이름에 걸맞게, 대대로 그곳 가문의 주인들은 별빛의 주인으로써, 당당히 그 실력을 증명해왔던 까닭이었다.

차곡차곡 실력을 통한 역사를 쌓아올린 것이다.

한 세대 정도가 아닌, 수세대를 넘어, 수백년의 세월을 거칠 동안 이 같은 흐름을 유지해 온 까닭에, 그 존재감이 특별할 수밖에 없었다.

뿐만 아니라, 주변 왕국들로부터 살아남는 모습을 보여준 것도 주요했다. 오랜 시간동안 그들의 저력을 대륙 전역에 꾸준히 알리고 또 전해온 것이다.

"비록 그 규모는 작지만, 명가의 후예들이 모여서 만든 만큼, 속이 꽉 차있었으니까."

자연히 주변국들이 군침을 흘릴 수밖에 없는 상황에 이르렀다.

"초기 무렵에야 아드레안의 기둥들이 명가의 후예로써,

직접적으로 주변국과 연결이 되어있는데다가, 각 가문과도 제법 교류가 깊게 이어졌던 덕분에, 어찌어찌 악의적인 시선은 피할 수 있었지."

하지만 세대가 교체되고 시간이 흐르며, 자연스레 주변국이나 그곳 명가의 주인들과 거리감이 생겨나면서, 아드레안의 위치가 불안해진 것이다.

"실제로도 그들 뿌리가 되는 몇몇 왕국들이 그들을 삼키고, 그 내용물을 훔쳐가기 위해 병력을 일으킨 적이 많았지."

결과적으로 이야기 한다면, 아드레안은 버텨냈고 주변국들은 목적을 달성하지 못했다.

"많은 숫자는 아니지만, 아드레안은 정예 중의 정예들만 모여 있으니까."

루드말은 거기까지 설명하다가 한 차례 뜸을 들이더니, 이내 입맛을 다시며 드라필만도 아직 그들에게는 부족함이 있다고 인정했다.

"뭐, 역사라는 건 그만큼 무시할 수 없는 거니까."

앞서 언급되었듯, 다섯 명가의 공부가 한 자리에 모여서 새롭게 탄생한 게 바로 아드레안이었다. 그 깊이도 남다른 면이 있었다.

그리고 이 같은 주변국들의 끊임없는 관심에도 불구하고 그들은 버텨내고 또 살아남았다.

특히, 주변국에 변화가 찾아올 때면, 그 같은 불쾌하고도 불필요한 관심이 짙어지고는 했다.

지금에 이르러서는 저들의 뿌리라 할 수 있는 다섯 왕국이 존재하지 않는다는 걸 생각한다면, 그들의 지난 역사가 얼마나 힘들고 거칠었을지, 감히 짐작하기도 어려울 수밖에 없었다.

이 덕분에 다섯 방패는 서로가 아닌, 각기 다섯 방향으로 철책을 세우고 서로 등을 맞대는 방법을 깨닫게 된다.

"뭐, 그렇다고 사이가 좋다는 뜻은 아지만, 어쨌든 서로가 같은 울타리에 있다는 건 명확히 했을 테지."

그렇게 쌓이고 쌓인 시간의 흐름 속에서 그들은 어느새 기사들의 정점에 이르렀고, 자연히 아드레안이 머무는 터전인 '레아-발람'은 기사들의 성지로 불리게 될 수 있었다.

마치 당연한 흐름처럼 그곳의 주인은 기사들의 정점으로 여겨지기 시작했으며, 어느 순간부터는 '기사왕'이라는 단어가 조심스레 돌게 되었다.

직접적인 언급을 자제하는 건, 아무래도 여전히 그들을 노리는 주변국들이 존재하는 까닭이리라.

"뭐… 지금까지는 그렇게 생각했는데, 암전과의 관계를 듣고 나니까 생각이 확 바뀌더군."

애초에 주변국들의 침략이나 압박들이 어쩌면 일종의 '연극'이 아니었을까 하는 것이다.

"굳이 그럴 필요가 있었을까요?"

의문을 내비치는 에던을 향해 루드말이 어깨를 으쓱이며 말했다.

"굳이 그럴 필요가 있었겠지. 덕분에 이야기가 탄생했고, 역사가 만들어졌어. 게다가 그들 멋대로 전통이라는 단어까지 끼워 맞췄지. 게다가…."

결정적으로,

"…기사들의 왕까지 탄생했잖아."

이번 여정에 오른 뒤, 루드말은 많은 생각을 해 왔다.

만약, 저들이 저런 무대를 만들고 꾸몄다면, 과연 저들이 저렇게까지 해서 얻을 수 있는 이득이 뭘까?

당연하게도 그 무대의 가장 값어치 있는 걸 떠올릴 수밖에 없었다.

기사왕의 탄생 이후, 저들을 위협하던 주변국의 움직임도 줄었는데, 이는 아드레안을 향해 칼을 빼 드는 걸 거부하는 많은 기사들의 움직임 때문이었다.

그 시작은 주변국들에서 이뤄졌지만, 어느새 중앙대륙을 넘어 대륙 전체적으로 그들을 향한 부정을 삼가는 모양새가 되어 있었다.

뿐만 아니라 저들의 행동 하나하나에 기사들이 반응하며 상황을 조절하는 흐름까지 완성되어 버렸다.

멀리서 찾을 것도 없이, 이번에 사이람의 발언과 함께 이어진 자유기사들의 전장개입이 바로 그 증거며 결과였다.

"혹시, 다섯 가문의 불화도 연극일까요?"

자연스레 떠오르는 의문에 에던이 그리 물었다. 루드말

역시 생각하던 부분이었는데, 딱히 마땅한 답을 찾기는 어려웠다.

단지, 상황에 어울리는 가설을 하나 만들어냈을 뿐이었다.

"어쩌면… 그건 진짜일지도 모르지."

연극이라고 하기에는 너무 긴 시간이었다. 그 정도 시간이라면 없던 불화도 생겨나며, 가짜도 진짜가 될 수 있을만한 기간이었다.

"그 이유라면…."

떠오르는 건 역시 하나밖에 없었다.

"…암전 때문이지 않을까?"

이 부분에 대한 해답을 바라는 듯, 재차 에던이 눈빛으로 독촉했고, 루드말은 쓰게 웃으며 고개를 저었다.

"거기까지는 아직 모르겠군. 나름대로 이런저런 생각을 해 본다고 했는데, 아무래도 레일라 그 아이처럼 머리가 잘 돌아가지는 않는 모양일세. 그냥, 막연하게 드는 느낌이 안전으로 인해서이지 않을까 하는 것뿐이니까."

"늙어서 그런 건 아니고요?"

무거운 공기에 슬쩍 건네는 에던의 농담 한마디.

"……"

"……"

잠시, 침묵이 이어졌다.

그저 웃자고 던졌지만 분위기가 죽어갔다.

이전이었다면 크게 신경을 쓰지 않았겠지만, 아무래도 체넨과의 만남 이후, 쉴 새 없이 그와 관련된 타박을 들었던 까닭인지, 최근 들어서는 그에게 가장 민감한 주제이기도 했다.

겉으로 드러낸 건 아니지만, 그래도 요 근래 외모에 부쩍 신경을 쓰는 것도 그 같은 이유이지 않던가.

그런 의미에서 봤을 때, 에턴의 발언은 그야말로 상처 난 부분에 소금을 뿌린 격이랄까?

분위기는 급속도로 냉각되었고, 침묵은 그렇게 찾아왔다.

"……."

본의 아니게 순례길에 어울리는 분위기가 되어버렸다.

❖ ✛ ❖

[프릭셀, 이안드라, 엑턴, 드리악, 트로간.]

에드리안 검가를 대표하는 다섯 기사으로써, 그들 각 기사단마다 어지간한 왕국의 대귀족가의 전력을 보유하고 있다고 알려져 있을 정도로, 그들은 각자가 명가급의 기사단이었다.

대대로 아드레안의 가주들이 별빛을 품어왔던 까닭일까?

그들 다섯 기사단의 단장급 역시도 별의 영역에 닿아있을 거라는 소리가 있을 정도로, 아드레안의 5대 기사단은 특별했다.

실제로 과거에 그 같은 역사가 있기도 했었다.

아드레안 검가에 2명의 초월자가 탄생했던 사건으로써, 가주 외에도 5대 기사단의 단장 중 한명이 초월자였던 것이다.

들리는 소문으로는 그들 두 사람이 아드레안의 가주자리를 놓고 다투던 사이였다는 말도 있었지만, 어찌 되었건 한 가문에 두 명의 초월자가 머물렀다는 부분이 중요했다.

"이런 저력을 알기 때문에 많은 명가들이 아드레안 검가와 인연을 맺으려 하고, 그들의 후계들에게 이곳으로 공부를 보내기도 하는 것이지."

다시금 분위기를 회복한 뒤, 루드말은 그 같은 말과 함께 어느새 볼거리가 풍성해진 주변 건물들을 설명하기 시작했다.

앞서, 이곳 레아-발람의 입구라 할 수 있던 부분들은 그저 삭막하기 그지없는 땅이었는데, 이는 저들 아드레안 가문이 주변국의 눈치 속에서 안정적으로 자리를 잡을 수 있는 장소가 마땅히 없던 까닭에 선택된 대지였다.

하지만 이후 아드레안의 위치가 높아져가면서, 점차적으로 사람들이 몰려들고 이런 저런 건물들이 세워지게 되었고, 지금에 이르러서는 어지간한 왕국의 대영지 수준의 규모로 확장되어 있었다.

그 때문일까?

"뭔가, 좀 독특하네요."

에던은 그리 말하며 주변을 돌아보는데, 놀랍게도 이 한정된 공간 안에는 대륙 곳곳의 문화와 양식들을 꽉꽉 눌러 담은 듯, 다양하게 펼쳐져 있었다.

최초, 다섯 왕국의 문화가 세워지고, 몰려들었던 사람들과 그들의 습관이 새겨지고, 또 양식들이 깃든 것이다.

오랜 용병 생활을 통해 대륙 곳곳을 돌아본 에던에게도 생소한 것들이 즐비해 있었다.

"이곳을 대륙의 축소판이라고 하는 사람들도 있지."

루드말은 그렇게 말하며 한 차례 웃어보였다. 그러다 무언가를 발견한 듯, 눈가에 이채를 띄운 그가 저 멀리 보이는 건축물 하나를 가리키며 입을 열었다.

"이곳 아드레안 검가의 영역을 레아-발람이라고 한다면, 사실 진정한 레아-발람은 저기 보이는 저 건물을 뜻하는 거지."

그 말에 에던이 시선을 돌려보니, 거대한 원형 형식이 건축물이 저 앞으로 세워져 있는 게 보였다.

거기까지 이야기하던 루드말이 쓰게 웃으며 한 마디를 덧붙였다.

"별의 무덤… 고대의 언어는 워낙 독특해서, 레아-발람을 읽는 방법에 따라서는 그렇게도 읽힌다고 하지."

에던은 일순 미묘한 변화가 있었음을 깨달았다.

[레아-발람!]

그 단어를 입에 담는 루드말의 목소리 톤이 달랐던 것이다. 하지만 이해하기 어렵다는 에던의 표정에 루드말은 이야기를 덧붙였다.

"지금도 바다를 표현할 때, 마지막 종착지라는 의미를 담고 있는 내용은 많잖나. 쉽게 말하자면 그런 거지."

민망함에 뒷머리를 긁적이던 에던이 저 멀리 보이는 원형 건물을 바라봤다.

'별의 무덤이라….'

짧은 침묵 속에서, 그들은 바다를 향해 걸어갔다.

❖ ✛ ❖

레아-발람을 처음 찾는 이들이 대부분 떠올리는 생각은 하나였다.

'과연, 기사들의 성지!'

거리에서 보이는 이들 중 기사가 아닌 이들이 없을 정도로 레아-발람은 기사들로 넘쳐나고 있는 까닭이었다.

워낙 많은 기사들로 인해, 저 한편에서 가게를 열고 장사를 하는 이들마저도 전부 기사로 보일 정도였다.

물론, 정말로 그들이 기사라는 건 아니었지만, 그렇다고 해서 이 같은 생각들이 아주 틀렸다는 것도 아니었다.

몇몇은 의도적으로 장사꾼으로 위장하여, 이곳 레아-발

람의 치안을 담당하는 이들도 있는 까닭이었다.

대개 그런 이들의 경우에는 은퇴를 한 아드레안의 기사들일 경우가 많았다.

기사이되 기사가 아닌 것이다.

그리고 이 같은 사실이 알게 모르게 퍼져있던 까닭인지, 실제 거리에서 행패를 부리거나 하는 이들은 보이질 않았다.

기사들의 성지라고는 하나, 수많은 용병들을 비롯하여 그 직업이 의심되는 불순한 무리들까지, 다양한 이들이 이곳 레아-발람을 찾는 까닭에, 이처럼 은밀하게 몸을 숨긴 채, 거리를 지키고 또 감시하는 이들이 존재할 수밖에 없었다.

특히, 여전히 그들을 관리하고자 하는 타국의 욕망을 알기에, 이처럼 은밀한 움직임을 보이는 건 당연한 수순처럼 여겨지고 있었다.

그런 이유로 이곳을 처음 찾는 이들의 경우에는 이 같은 부분을 잘 모르는 까닭에, 기사들의 성지라는 명칭과 어울리지 않는 고요한 모습에 괜히 시비를 걸고 목소리를 높이고는 했다.

그리고 대개 이런 이들이 숨어있던 기사들의 눈에 걸려 호되게 신고식을 치른 뒤, 이곳의 분위기에 적응해 나가는 게 초짜들의 기본적인 수순이었다.

물론, 그저 고요하기만 하면 정말로 이곳이 기사들의 성지라고 불리기는 어려웠을 터였다.

대륙에서 검을 든다고 하는 이들이라면, 한 번쯤 발길을 하는 장소이니 만큼, 이곳은 혈기왕성한 이들이 넘쳐나는 곳이었다.

당연하게도 그 기운을 풀어 줄 해소거리가 필요한 것이다.

[드레이안!]

많은 기사들의 이상이 닿아있는 장소라고도 불리는 곳으로써, 과거의 이름은 '레아-발람' 으로써, 실질적으로 이곳이 기사들의 성지라 불리게 된 시작점이라고도 여겨지는 장소였다.

거대한 원형의 건물로 된 이 장소는 간단히 이야기하자면, 일종의 투기장이라고 할 수 있었다.

대륙 곳곳에서 모여든 기사들이 서로의 실력을 나누며, 성장을 위한 채찍질을 거듭하는 거대한 콜로세움이었다.

1년 내내 쉬는 날이나 쉬는 시간 없이, 매일처럼 열려있는 까닭일까?

이곳 드레이안의 이른 아침은 물론이거니와 어둠이 짙은 시각까지, 언제나 기사들의 열기로 들끓는 장소였다.

그와 동시에 많은 피에 적셔진 공간이기도 했다.

아드레안에서 관리를 하며, 나름 안전에 대한 조치를 취하기는 하나, 기사들이 그 뜨거운 혈기를 쏟아내는 데다가, 성장을 위한 치열함을 표현하는 만큼, 아드레안이 감당할 수 없는 최악의 상황이 종종 발생하는 것이다.

이런 이유로 한편에서는 드레이안을 기사들의 무덤이라고

부르는 이들도 있을 정도였다.

물론, 이 같은 이야기는 외부로 새어나가는 경우가 드물었다.

그들도 자신들의 성지를 흙발로 짓밟고 싶은 마음이 없는 까닭이었다.

뿐만 아니라, 몇몇은 이 같은 '무덤'이라는 의미 자체도 긍정적으로 받아들이며, 그곳에 잠드는 걸 하나의 영광으로 여기는 이들도 있을 정도였다.

[성지의 심장부에 잠드는 건, 오히려 축복이다!]

이리 외치면서 그 같은 부분에 정당성을 부여하려는 움직임이 형성된 것이다.

그야말로 비틀린 애정이었다.

중앙 대륙 베이노산 왕국 출신의 '세낙 리드안' 역시도 그 같은 어긋난 흐름에 발을 들인, 그런 비틀린 기사들 중 한명이었다.

명가라 할 정도는 아니었지만, 그래도 베이노산 왕국 안에서는 제법 목소리를 높이는 가문 출신으로써, 서자라는 위치로 인해 가문에서 나와 세상을 떠도는 자유기사로써 활동하다가, 이곳 레아-발람에까지 이르게 되었다.

고향으로 돌아갈 수도 없고, 그렇다고 마땅한 정착지를 찾기도 어렵다 보니, 자연스레 이곳으로 그 발길이 향한 것이다.

당연하게도 그 목적은 아드레안 검가에 자리를 얻어내는 것이었는데, 이를 위해서는 그 실력을 선보여야 했고, 그 같은 기회를 위해 드레이안은 최적의 장소일 수밖에 없었다.

'내 실력을 보여주겠어!'

그리하여 한 자리 얻고야 말겠다는 각오였고, 그렇게 드레이안에 매일처럼 뛰어드는 생활이 시작되었다.

하지만 이 같은 생각을 하고 있는 건 그뿐만이 아니었다. 애초에 드레이안의 목적 자체가 실력 향상과 더불어, 스스로의 능력을 선보이기 위함에 있지 않던가.

그 같은 이들이 넘쳐나는 건 어쩔 수 없었다.

충격적인 부분은 그들의 실력이었다. 나름 재능이 있었고 노력도 아끼지 않았다고 여기며, 적잖은 실력을 쌓아왔다고 여긴 그로 하여금 자괴감이 들게 만들 정도의 재능과 실력 그리고 능력을 겸비한 이들이 넘쳐났던 것이다.

그런 이들마저도 아드레안에 들어가지 못한 채, 이곳을 떠돌고 있음을 알았을 때, 그가 받았던 충격은 실로 어마어마한 것이었다.

'과연, 아드레안인가….'

드레이안을 통해 아드레안의 수준을 새삼 실감하는 순간이기도 했다.

"이곳에 뼈를 묻겠다!"

충격이었지만 그와 동시에 감동이었다.

하늘 너머에 하늘이 있음을 깨달았기에, 이곳에서 그역시 하늘의 일부가 되고자 하는 마음을 품어 버린 것이다.

어찌 보면 비틀린 애정이라 할 수 있겠지만, 드레이안에취한 이들 대부분이 그 같은 감정을 지니고 있던 까닭에, 전혀 이상하게 여겨지질 않았다.

그리고 이 같은 감정은 세월이 흐를수록 내면 깊숙이 더욱 짙게 자리를 잡아갔고, 최근 들어서부터는 그로 하여금목숨을 취할 상대를 찾게 만드는 광기마저 비치게 만들고있었다.

이는 비단 그에게만 한정된 이야기는 아니었다.

드레이안을 떠나지 못한 채, 이곳에 취해버린 상당수의기사들이 그 같은 광기에 물들어 있었는데, 그 이유를 굳이들어보라 한다면, 그들 대부분이 돌아갈 곳이 없다는 게 결정적일 터였다.

서자로 태어난 까닭에 가문에서 쫓겨나다시피 했던 세낙과 마찬가지로, 이곳을 찾은 기사들 대부분이 나름의 사정들을 지니고 있었다.

몇몇 기사들은 자유기사로써 떠도는 걸 굴욕이라 여기는이들도 있었는데, 이런 위치를 굳이 떠나지 못하는 이유가있는 것이다.

그런 각자의 사정에 의해서 떠나지 못한 채, 하루하루 비틀린 애정으로 드레이안에 취해갈 뿐이었다.

그리고 이 같은 이유로 인해, 드레이안의 기사들은 언제나 새로운 얼굴에 대해 민감한 반응을 보이고는 했다.

비록 이곳에 뼈를 묻는 게 바람이라지만, 그들의 마지막을 상대해 주는 건 부디 '진짜' 이기를 희망하는 까닭이었다.

"어설픈 놈들한테 죽는 거야말로 굴욕이지!"

이곳에 발을 들이던 초반에는 드레이안에 머물며 서로에게 자극이 되는 존재들이었겠으나, 일정시기가 지나면 그들이 오를 수 있는 한계라는 걸 실감하고는 했다.

"애초에 남아있는 이들의 실력이라고 해 봤자…."

드레이안을 처음 겪을 당시에는 실력자들로 보이던 이들도, 어느 무렵부터는 벽을 넘지 못한 채, 정체되어버린 실패자들처럼 비쳐지고는 했다.

"…결국, 거기서 거기니까."

이 같은 결론과 함께, 그들 드레이안의 기사들은 좀 더 제대로 된 실력자에게 마지막을 맞이하는 게 바람이었다.

그리고 그 대상은 대부분 아드레안의 실력자들인 경우가 많았다.

"저승에서 내 마지막은 아드레안의 검에 당했다고 자랑이라도 해 보자."

비틀려도 아주 제대로 비틀려 있었다.

물론, 그런 상황은 쉽지 않은 까닭에, 자연히 새로운

얼굴에게 주목하는 게 그들의 습관이 되어 있었다.

'처음 보는 얼굴인데….'

그런 이유로 세낙은 새로이 드레이안에 발을 들이는 이들을 주목하고 있었다.

'…신참인가.'

각기 30대와 50대쯤 되어 보이는 사내들 두 명이 드레이안의 입구 쪽에서 대기하고 게 보였다.

언뜻 봐서는 별 볼일 없는 외형이었지만, 세낙은 이곳 드레이안의 오랜 생황을 통해서, 저런 이들이 의외의 실력을 지니고 있을지도 모른다는 걸 경험한 바 있었다.

때문에 외형만으로 판단을 내리며 무시하는 건 조심해야 한다는 것 역시 잘 알았다.

'뭐… 그런 경우가 흔한 건 아니지만.'

이처럼 생각하면서도 이상하게도 저들 두 사람에게는 시선이 갔다.

잠시 그 둘을 관찰하던 세낙의 눈매가 얇아졌다. 저들이 생각 이상으로 여유가 넘쳐나는 걸 느낀 까닭이었다.

멋모르는 신참이라면 간혹 저런 모습을 보여주고는 했다. 하지만 저들은 왠지 그런 경우와는 멀게 느껴졌다.

얼추 10년 남짓 되었을까?

그처럼 오랜 시간을 이곳에 머물며, 나름대로 '진짜'들을 지켜봐 왔고, 그렇게 쌓인 그의 경험과 본능이 신호를 전해왔다.

습관처럼 그의 시선이 옆으로 돌아갔고, 그와 비슷한 이유로 이곳에 터를 잡은 기사들을 바라봤다. 마침 그들도 시선을 던져오고 있었는데, 이를 통해서 직감적으로 깨달았다.

'진짜다!'

그 순간, 마치 약속이나 한 듯, 몇몇 기사들이 자리에서 벌떡 일어났다. 앞서 시선을 나눴던 이들 대부분이 거기에 속해 있었다.

[이곳에 뼈를 묻는다!]

그런 이유로 드레이안에 자리를 잡았다. 하지만 실상은 진짜들을 경험하며 조금이라도 더 높이 올라가기 위함이었다.

단지, 그 와중에 목숨을 잃어도 괜찮다는 식으로, 조금은 위험한 생각을 지니고 있을 뿐이었다.

약속한 듯 자리에서 일어났으나, 먼저 나서는 이들은 없었다.

'일단…'

지켜보면서 스스로의 감에 대한 확신을 얻고자 함이었다.

어차피 이곳은 드레이안이었다.

발을 들인 이상 어떻게든 한 번을 칼질을 하고 나가게 되어있는 장소인 것이다.

갑작스레 밀려드는 묘한 눈빛에, 에던은 황당하다는 얼굴로 루드말을 바라보며 물었다.

"이거… 어째, 당장이라도 달려들 것 같은데, 착각입니까?"

한 차례 어깨를 으쓱인 루드말이 실소와 함께 입을 열었다.

"자네 느낌이 그렇다면 그게 정답이겠지."

별빛을 넘어선 존재의 감이었다. 당연하게도 이런 부분에 한해서는 오답일 확률이 제로에 가까웠다.

과할 정도로 끈적거리는 시선으로 인해, 한 차례 저들의 성 정체성마저 의심을 하게 만들었다. 이런 그의 반응이 우스웠던지, 연신 실소를 흘리던 루드말이 짧게 저들의 심정에 대해 대변해줬다.

"미쳐도 아주 괴팍하게 미쳤네요."

그에 대한 에던의 평가는 실로 가차 없었다.

"어쩌겠나. 저들은 이곳을 벗어날 용기조차 잃어버린 이들인 것을…"

웃기지도 않는 이야기였지만, 황당하게도 에던은 그 같은 기분을 이해하고 있었다.

그 역시 저들과 비슷했던 시기가 있던 까닭이었다.

어찌 보면 더 최악이었을지도 몰랐다.

[오러홀의 파괴!]

우연찮게 검을 쓰는 생활을 더는 할 수 없음을 알았고,
그에 대한 확답을 듣기가 두려워 치료사를 찾지 않은 채,
가장 깊고 어두운 바닥을 떠돌았다.

하지만 그는 절망의 끝자락에서도 포기하지는 않았다.
암전을 찾아들었고, 사냥개의 발바닥을 닦는 생활까지 감
수했다.

'나는… 저놈들과는 다르다.'

그렇게 기분을 달래고 머릿속을 환기시켜 보지만, 일말
의 찝찝함이 남는 건 어쩔 수가 없었다.

암전을 헤매던 그의 행적과 드레이안을 맴도는 저들의
모습이 왠지 모르게 교차되는 까닭이었다.

'…젠장!'

와락 표정을 구기던 에던이 나직한 한숨과 함께 루드말
을 향해 물었다.

"저놈들이 기다리는 게 진짜배기 실력자라고 했죠?"

"…그렇지. 적어도 아드레안의 정규기사 수준은 돼야지
만족할거야."

고개를 끄덕인 에던이 투기장 안쪽으로 향했다.

"어디, 제대로 경험할 준비가 됐는지. 한 번 시험해 보겠
습니다."

그렇게 별들의 무덤 속으로 사신이 발을 들였다.

콜로세움을 세워놓고 투기장을 열어났다지만, 그 안의 분위기 자체는 상당부분 자유로웠다.

무대는 하나만 있는 게 아니었고, 그런 만큼 언제든 대결을 벌일 수 있는 것이다.

단지, 한 번 무대에 올라가면 '패배'를 겪지 않는 이상은 내려올 수 없다는 게, 일반적인 투기장과의 차이점이랄까?

그렇다고 해서 계속 승리만 해야 된다는 건 아니었다.

5연승을 기본으로 하되, 그 본인이 원하는 한 연승을 이어나갈 수 있었다.

단, 그마저도 20승을 넘었을 때에는 자체적으로 물러나는 게 암묵적인 이곳의 규칙이었다.

애초에 그만한 실력자가 아직까지 이곳에 남아있을 확률도 낮았고, 조금 부족하더라도 그런 위업을 달성한다면, 대개는 아드레안 측에서 접촉을 시도하고, 자연스레 그들의 일원이 되고는 했다.

5연승 정도는 이곳 드레이안의 기사들도 할 수 있다. 하지만 거기서 3승만 넘어가도 힘에 겨웠고, 또 다시 2승을 넘어섰을 때는 대개 제대로 서 있을 기력도 없는 게 보통이었다.

이는 드레이안의 토박이라 할 수 있는 기사들이 의도적으로 5승 이상부터는 막아서는 까닭이었는데, 그런 이유로 인해 대개 10승까지만 달성해도 우레와 같은 함성이 쏟아지고는 했다.

최근 들어서는 그 정도의 업적만 달성해도 아드레안에서 찾아오기도 할 정도니, 여러모로 생각했을 때 20승이라는 위업은 그야말로 말도 안 되는 수준이라는 게 일반적인 평가였다.

드레이안의 역사 속에서 근 30년의 시간동안 발생하지 않은 업적이기도 했다.

그런 의미에서 드레이안의 기사들은 지금 이 순간, 오랜 세월을 건너, 믿기 어려운 시기가 찾아왔음을 깨닫고 있었다.

"벌써 10연승이야!"

"미친… 5연승을 한지 얼마나 됐다고."

사방에서 터져 나오는 경악성과 충격적인 기록에 이미 다른 무대마저도 그 막을 내린 채, 관객석으로 변해버린 상황이었다.

"오… 오오! 스펠만 공국의 레안드론 경이다!"

지난 5연승 즈음부터 진짜라 할 수 있는 실력자들이 모습을 드러내기 시작하더니, 어느새 10연승에 이르자 드레이안 내에서도 손에 꼽히는 실력자들이 앞으로 나서기 시작했다.

이미 그들 개개인의 실력은 아드레안에 들어가기에도 부족하지 않았으나, 그 나이나 출신이나 과거의 말썽 등 몇몇 가지 문제점으로 인해서 아직 드레이안에 남아있는 실력자들 중 한명이었다.

각자가 지니고 있는 문제점을 압도할 실력을 쌓겠다는 명목으로 이곳에 머물고 있는 것이기도 했다.

그리고 이들 대부분이 선임기사 급의 실력을 지니고 있었고, 몇몇은 고위기사 급에 발을 걸쳤거나 넘었을 거라 여겨지는 이들도 존재했다.

충분히 아드레안 검가 내에 자리를 얻을만한 실력들인 것이다.

뿐만 아니라, 그 뒤를 이어서도 비슷한 실력자들이 대기를 하고 있었다. 지켜보던 이들 대부분은 연승행진의 끝이 다가왔음을 직감했다.

하지만 이게 웬일?

"…졌어?"

"레안드론 경이 패했다고?"

"맙소사!"

그들 모두의 예상을 비웃기라도 하듯, 레안드론이 검을 떨어트렸고 연승행진은 이어졌다.

"뭐야? 어떻게 된 거야?"

"대체, 누구야?"

충격 속에서 공통되게 하나의 생각이 머릿속을 맴돌았다. 30년이란 세월을 건너, 다시금 업적이 세워지는 것일까?

기대감이 조금씩 일어나고 있었다.

그리고 이 즈음부터는 더 이상 연승을 막기 위한 행동이 아닌, 순수하게 그 실력을 확인하고자 하는 움직임이 시작되었다.

레안드론의 패배가 그만큼 충격적이기도 했지만, 결과보다는 그 내용면에서 자극을 받은 까닭이었다.

'진짜다!'

그들 드레이안의 실력자들은 일제히 같은 생각을 하며 자리에서 나서고 있었다.

각자가 적어도 3~5년 길게는 7~8년 정도는 얼굴을 익힌 사이였다. 그런 이유로 각자의 실력에 대해 잘 알고 있기도 했다.

그리고 이런 부분에서 레안드론은 그들 모두가 인정하는 실력자였다.

과연, 그보다 나은 실력자가 존재할까?

드레이안의 기사 중에서는 찾기가 어려울 거라 여겨졌다.

사실, 그들도 먹고 살아야 하는 까닭에, 주기적으로 의뢰를 수행하러 외부로 나갔다 오는 까닭에, 드레이안의 몇몇 실력자들이 이 자리에 없기도 했다.

하지만 그들도 결국 레안드론과는 미세한 차이일 뿐이라는 걸 생각한다면, 결국 레안드론은 그들 드레이안을 대표하는 실력자라 할 수 있었다.

헌데, 그 같은 레안드론이 너무도 압도적인 패배를 당해 버렸다.

단번에 상대와의 '격'을 느꼈고, 감히 시험하겠다거나 하는 생각은 더 이상 할 수가 없었고, 발목을 잡겠다는 등의 불순한 생각도 이미 지워 버린지 오래였다.

오로지 하나!

[성장!]

그들에게 벽 너머를 넘볼 수 있는, 훔쳐볼 수 있는, 그런 발판이 되어주기를 바라는 것이다.

그리고 이날 하루,

무려 일백의 기사들이 단 한명의 사내에게 무릎을 꿇는 업적이 세워졌다.

❖ ✛ ❖

사방에서 장맛비마냥 쏟아지는 시선들이 느껴졌다.

"허…."

루드말은 황당하다는 듯, 연신 너털웃음을 터트리며 에던을 바라봤다.

"적당히 좀 할 것이지."

그의 쓴 소리에 에던이 어깨를 으쓱였다.

"기왕 할 거면 제대로 하는 게 낫잖아요."

태연한 그의 대답에 루드말은 고개를 흔들었다.

"그래서 백 명이나 잡은 거냐?"

그 부분은 에던도 조금 과했다는 걸 인정했다. 하지만 어쩔 수가 없었다.

'한 50명 정도만 잡고 나올 생각이었는데….'

그나마도 올라가기 전까지는 20연승을 기준으로 잡고 있었다는 걸 생각한다면, 분명히 과한 감이 있었다.

밀려드는 기사들의 기세와 그 눈빛을 마주하고 있노라니, 좀 더 무대에 남아있고자 하는 마음이 생겨버렸다.

오래 전, 그도 저와 닮은 모습을 하고 있었던 걸 떠올린 까닭이었다.

그 때문일까?

최초 20이라는 숫자가 50에서 100까지 다다른 것이다.

게다가 문제는 이뿐만이 아니었다.

"허… 나 모르게 몸에다 꿀이라도 발라놓은 모양이다."

그렇지 않고서야 저리 달달한 눈빛으로 에던을 바라볼 이유가 없지 않겠는가.

이유라면 아주 간단했다.

"간지럽다고 다 긁어주니 이런 꼴이 나는 거 아니냐."

루드말의 이야기처럼, 에던은 저들의 가려운 부분들을 해소해줬고, 그 때문에 이처럼 눈빛을 번뜩이며 시선의 집중을 받게 된 것이었다.

가려운 부분이란, 저들의 앞을 막아 선 '벽' 이었고, 그들이 헤매는 한계점이었다.

심판자의 검은 정확히 사자의 길을 보고 꿰뚫는다.

이는 즉, 상대가 지닌 흐름을 관통한다는 의미이기도 했다. 그리고 이를 조금만 조절하고 그 방향성을 살짝 비틀어 준다면, 상대의 '약점'을 지적하는 구도가 완성될 수도 있었다.

일백의 승리를 취하며, 일백의 벽을 허물었다.

그로 인해 저들은 각자 지니고 있던 경계를 한 걸음 넘어설 수 있었으니, 드레이안의 기사들이 보여주는 이 같은 폭발적인 반응은 어쩌면 당연한 것이라 할 수 있었다.

자신들도 그의 상대가 되어 벽을 넘고자 하는 욕망이 고스란히 그 눈빛에 배어나오고 있는 것이다.

"뭐, 그래도 덕분에 제대로 알리기는 한 것 같죠?"

에던이 그 말과 함께 슬쩍 시선을 한 방향으로 고정했다. 루드말 역시 그곳을 바라보고 있었는데, 각양각색의 몰골을 하고 있는 이곳 드레이안의 기사들과 달리, 유난히 통일된 복장의 무리들이 저 한편에서 다가오고 있는 게 보였다.

"프릭셀 기사단이다."

짧게 이어진 루드말의 설명에 에던이 눈을 빛냈다.

설마하니 시작부터 아드레안의 실체와 닿을 거라고는 생각지도 못했던 까닭이었다.

여느 검가들이 그러하듯, 이들 역시도 5대 기사단을 제외하고도 아드레안의 이름을 등에 짊어진 기사단이 여럿 존재했다.

때문에 초반은 그들과의 만남을 짐작하고 있었다.

"아무래도 네 말처럼 일을 벌려도 아주 제대로 벌린 모양이다."

무려 일백 번의 승리였다.

냉정하게 판단했을 때, 그 같은 결과를 내기 위해서는 선임기사 수준으로는 불가능했다.

특히, 그 대상이 이곳 드레이안의 기사들이라는 점을 생각해 본다면, 선임기사 급에서도 한발 더 나아가야 가능할 거란 결론이 나왔을 것이다.

이는 즉, 별빛에 닿았다는 의미였고, 초월의 가능성을 지니고 있다는 뜻이기도 했다.

당연하게도 초반 기세를 잡기 위한 이유를 비롯하여, 손님에 대한 대우 그리고 제대로 관찰할 수 있는 눈까지 염두에 뒀을 때, 결국 아드레안의 실체가 움직일 수밖에 없었다.

프릭셀 기사단의 부단장인 '비에란 프릭셀'은 저 멀리 보이는 시선의 중심지를 바라보며 두 눈 가득 이채를 띄웠다.

'누가 있어서 백연승을 달성하는 건가 싶었더니….'

한 사람, 왠지 모르게 눈에 익은 사내가 보였다.

'루드말 드라필만!'

대륙에서 수많은 명가의 자제들이 이곳으로 공부를 하러

오고는 한다. 과거, 드라필만에서도 그 같은 이유로 후계를 보낸 적이 있었고, 비에란은 당시의 경험으로 루드말에 대해 머릿속에 담아 둔 상태였다.

현 가주이자, 그들 또래의 최고 재능이라 불리던 사이람과 비교될 정도의 능력을 보여줬던 까닭이었다.

물론, 과거에는 루드말과 사이람이 직접 대면했던 적은 없었다.

언제나 가문에서 기대하는 재능들은 따로 별도의 수업을 받기 때문에, 외부인사와의 만남을 가질 기회가 드물었던 까닭이었다.

그런 의미에서 비에란은 루드말과 몇 차례 얼굴 정도는 마주했던 경험이 있었다.

특히, 루드말과 함께 그는 적잖은 경쟁의식을 지니고 있던 만큼, 그 얼굴을 쉬이 잊어버리기가 어려웠다.

이는 그뿐만이 아니라 같은 세대를 살아온 아드레안의 기사들이라면 누구나 같은 심정일 터였다.

단지, 그 같은 세대의 경쟁자이자 동료들 대부분이 이제는 은퇴하여, 상대를 제대로 알아볼만한 사람이 적다는 점이었다.

'쯧… 그러니 저 정도 변장에 속아 넘어갔겠지.'

생각해보면 크게 외형을 속인 것도 아니었다. 오랜 여정으로 인해 제대로 관리되지 못한 머리와 수염 그리고 옷가지 등이 전체적인 형태를 어그러트리고 있을 뿐이었다.

비에란의 남다른 눈썰미로 인해 단박에 알아본 것이지, 여간해서는 자리를 갖고 대화를 나누며 시간을 보내야만 가능한 부분이었다.

운이 좋았다고 해야 할까?

만약에 다른 기사단의 부단장이나 고위 실력자가 나섰다면, 상대에 대해 파악하지 못한 채, 자칫 저들에게 끌려가는 모양새를 보였을지도 모른다는 생각에, 한 차례 안도의 한숨을 내쉬는 한편, 그 역시도 끌려가지 않고자 바삐 상황을 분석하기 시작했다.

'누구지?'

그가 들은 건 '젊은' 사내에 대한 소식이었다. 자연스레 그의 시선이 루드말의 곁에 있는 사내에게도 향했다.

물론, 딱 봐도 30대는 되어 보이는 까닭에 젊다 표현하기는 어려웠지만, 그들 업계에서 생각했을 때는 꼭 어색한 표현은 아니라 여겨졌다.

'아들인가?'

그 같은 의문이 이어지는 건 당연했다.

드라필만의 자제라면 충분히 일백 번의 승리도 가능할거란 생각이 든 까닭이었다.

과거에도 나름 명가라 불렸지만, 아드레안의 입장에서 봤을 때, 조금은 부족함이 있던 게 드라필만 검가였다.

하지만 루드말이 가주에 오르고, 그들은 부족함은 점차적으로 메워 나갔고, 지금에 이르러서는 충분히 아드레안도 인정할 수밖에 없는 명가로써 발돋움 한 상태였다.

그런 집안의 혈족이라면 충분히 일백 번의 승리도 불가능한 이야기는 아니라 여겨졌다.

끌려가지 않고 분위기를 주도하기 위해 이런저런 생각들을 하며 상황을 정리했다.

하지만 그의 노력은 시작부터 풍랑을 만나버렸다.

"인사하게나. 에던 운트라고 하네."

"……"

급작스레 밀려드는 침묵 속에서, 결정타가 터져 나왔다.

"세간에서는 용병왕이라고도 불린다네."

기사들의 성지 레아-발람에 용병들의 왕이 직접 시험을 위해 찾아든 것이다.

당연하게도 아드레안 검가에 비상이 걸리는 건 순간이었다.

❖ ✛ ❖

멀찍이서 다가오는 기사들과 그 선두에 서 있는 사내의 얼굴을 봤을 때, 한 눈에 서로가 서로를 알아봤다는 걸 깨달았다.

'비에란 프릭셀!'

루드말이 그를 알아본 건 어릴 적 희미한 기억보다는 드라필만의 가주로써, 프릭셀 기사단의 부단장의 정보를 접한 덕분에 떠올린 게 더 컸다.

물론, 어릴 적 기억도 어렴풋이 남아 있기는 했다.

[아드레안의 기사!]

딱 그 정도의 기억이랄까?

별것 아니라 여길 수도 있겠으나, 당시가 10대 무렵이라는 걸 생각한다면, 그 어린 나이에 '기사'라는 단어와 어울렸다는 건 여러모로 놀라운 부분이었다.

단지, 그 같은 위치의 소년들이 한 둘이 아니었다는 점에서, 그에 대한 기억이 희미해질 수밖에 없었다.

거기에 더해 나이 차이도 있었다.

지금이야 서로 같이 늙어가는 처지인지라 큰 차이로 느껴지지 않는다지만, 당시에는 머리 하나의 차이만큼 크게 여겨지던 차였다.

'10대 무렵에 세 살 차이면 말 다한 거지.'

서로를 알아봤다는 건 여러모로 편리했다. 일단 불필요한 대화는 생략할 수 있기 때문이었다.

"오랜만이군."

그 같은 이유로 편하게 인사를 건넬 수 있었다.

일순, 비에란의 뒤를 따르던 프릭셀의 기사들이 눈살을 찌푸리는 게 보였으나, 누구 하나 이를 표출하며 나서지는 않았다.

비에란이 앞서 있는 까닭이었다.

그들 부단장의 권한을 무시한 일이라 여기면서, 일단

감정을 삼키고 명령을 기다리는 중이었다.

이런 그들의 모습에 루드말은 작게 고개를 끄덕였다. 새삼 아드레안 검가의 힘을 느낀 까닭이었다.

별 것 아닌 행동이나 태도 그리고 자세에서 느낄 수 있는 것, 그것이야말로 진정한 명가의 깊이라 할 수 있었다.

"오랜만에… 뵙습니다."

잔뜩 긴장되어 있던 공기 속에서, 비에란이 인사말을 받았고, 그로 인해서 분위기가 한 차례 변화했다.

그도 그렇게 루드말의 태도를 너무도 당연시 받아들이는 비에란의 모습이 상대에 대한 적개심을 감추게 만든 까닭이었다.

비에란이 저 같은 태도를 보인다는 건, 상대에게 그만한 이유가 있다는 생각이 든 것이다.

언뜻 표정위로 드러나던 불쾌감까지 전부 삼켜내는 기사들의 모습에 조용히 실소하던 루드말이 재차 입을 열었다.

"한… 50년 정도 됐나? 그래. 자네도 그동안 많이 늙었군."

"나이가 있으니 어쩔 수 없지요."

실제 그들은 어릴 적 외에는 만났던 적이 없었으나, 적잖이 친분을 유지해왔던 사이마냥 태연히 대화를 이어나갔다.

"그런데 여기까지는 무슨 일로 찾아오신 겁니까?"

비에란은 슬슬 본론으로 들어갈 생각으로 그처럼 운을 띄우며 곁의 에던을 바라봤다.

무슨 수작을 부리려는 것인지 밝히라는 의미였는데, 그같은 시선처리에는 이곳에서 벌어졌던 일들을 전부 알고 있다는 것까지 내포하고 있었다.

거기에는 초반 기선제압을 위한 의미도 숨겨져 있었다.

"인사하게나. 에던 운트라고 하네."

"……."

하지만 상황은 그의 생각대로 흘러가지 않았다.

"세간에서는 용병왕이라고도 불린다네."

그야말로 제대로 역공을 맞은 격이었다.

잠시, 그 의미를 이해하지 못해서 멍청하니 있는 그의 곁으로, 기어이 참지 못하고는 앞으로 나서는 단원 한명이 보였다.

"어디서 허튼소리…."

턱!

순간 정신이 번쩍 들며, 그의 손이 움직였다.

한 마디 내뱉으려던 기사의 입을 그대로 틀어막으며 강제로 뒤로 밀친 것이다.

이에 밀쳐진 기사가 당황한 얼굴이 되어서는 그를 바라봤다. 아드레안의 일원답게 균형을 잃어 볼품사납게 나뒹굴지는 않았으나, 입을 틀어 막히고 밀려났다는 부분에서 이미 굴욕적인 느낌을 감추기는 어려웠다.

비에란이 그 기사를 바라보며 눈살을 찌푸렸다.

'그라넥 프릭셀!'

밀려났던 기사 역시도 아드레안을 대표하는 다섯 기둥의 일원이었다. 같은 성을 사용하고 있으나, 그 안에서도 나름 계급이라 할 만한 것들이 존재하는데, 눈앞의 기사는 그중에서도 제법 높은 위치에 있었다.

프릭셀 기사단의 단장이 그의 부친인 까닭이었다.

부단장이라는 자리와 달리, 그들 5대 기사단의 단장직은 대대로 그들 다섯 기둥의 정통성을 지닌 후계만이 오를 수 있었다.

그런 의미에서 눈앞의 '젊은' 기사 그라넥 역시도 정통성이 있는 후계의 한명이기도 했다.

스스로 하기에 따라서는 이 영광스런 가문의 가장 높은 곳, 아드레안의 가주까지 될 수 있는 게 바로 그라넥의 위치인 것이다.

단지, 그 위로 형제가 많고, 하나같이 재능이 남다른 까닭에, 가능성은 희박하다 여길 뿐이었다.

하지만 그럼에도 불구하고 그 정통성만큼은 진짜였다.

비에란 역시도 직계의 일원이지만, 아무래도 그라넥과 비교하기에는 부족함이 있을 수밖에 없었다.

그래서일까?

대개 지금과 같은 상황에서도 다른 단원이라면 감히 그를 제대로 쳐다보기도 어려웠을 터이건만, 그라넥은 스스로의 위치를 아는 까닭에, 저처럼 그를 직접적으로 바라보며 그 감정을 일부나마 드러내는 것이다.

그나마도 비에란이 직접 지도를 하며, 짧지 않은 시간 교정을 거친 덕분에, 한 번은 접으려 할 줄 알았으나, 딱 거기까지였다.

두 번까지는 굽히려 하질 않았다.

그런 이유로 다른 단원과 달리 그의 앞으로 나섰으며, 이처럼 정면으로 그에게 시선을 던져오는 모습까지 보여주고 있었다.

'…건방진 놈!'

그 불손한 눈길에 비에란의 표정이 굳어졌으나, 상황을 정리해야 한다는 걸 알기 때문에 이 문제는 일단 뒤로 미룰 수밖에 없었다.

"드라필만의 주인이시다."

짧게 한마디를 던졌고, 그것만으로 모든 상황이 정리되었다.

무거운 침묵과 서늘한 전율이 스쳐갔다.

아드레안을 대표하는 5대 기사단 중 하나인 프릭셀 기사단의 부단장이 하는 발언이었다.

말 한마디 한마디에 담긴 무게감이 남다를 수밖에 없었다. 당연히 그 이야기를 의심하는 이들은 없었다.

그런 이유로 기사단의 시선이 일제히 한 사내에게로 모아졌다.

[에던 운트!]

상대의 정체를 토대로 생각했을 때, 저 젊은 사내는 정말로 대륙의 별일 게 분명했다.

"맙소사!"

그 같은 외침은 프릭셀 기사단이 아닌, 멀찍이서 상황을 지켜보던 드레이안의 기사들에게서 나온 것이었다.

갑작스레 아드레안의 기사들이 등장하자 상황이 심상치가 않음을 깨닫고, 거리를 둔 상태에서도 연신 귀를 기울이고 있던 그들이었다.

당연히 지금 나눠지는 모든 대화도 귀에 담았고, 이를 통해서 그들은 충격적인 진실 두 가지를 깨달을 수 있었다.

[드라필만의 주인과 용병왕!]

설마, 그들과 검을 마주했던 상대가 진짜 중에서도 진짜였을 줄이야.

상상도 못했던 진실 앞에, 별빛과 마주했던 일백의 기사들이 약속이나 한 듯, 일제히 경련을 일으켰다.

짧은 만남 속에서 그들에게 길을 제시해줬던 가르침에 '별의 축복'이 깃들었음에, 감동과 환희 그리고 전율을 느낄 수밖에 없던 것이다.

사이람 아드레안, 기사왕, 그리고 시험!

지금 이 순간만큼은 그 모든 연결고리가 머릿속에서 이어지지 않았다.

오로지 한 단어만이 머리를 가득 채우고 있을 뿐이었다.

[별의 축복!]

평상시라면 아드레안의 기사들 앞에서는 숨소리까지도 절제했을 드레이안의 기사들이겠으나, 이번만큼은 그들도 흥분을 주체할 수가 없던지, 점차적으로 그 목소리를 높여 나가기 시작했다.

"으음…."

이 같은 모습에 비에란의 얼굴에 일순 당혹감이 깃들었다.

'실수했군!'

인정할 수밖에 없었다.

그라넥의 모습에 그 역시 일부 흥분해버린 것이다. 그 여파로 이성적 판단력이 일부 흐트러졌고, 그로 인해서 너무 과한 정보를 풀어버렸음을 알았다.

하지만 이 같은 부분을 언급하지 않는다면, 그라넥의 태도가 좀처럼 가라앉지 않을 것임에, 통제를 위해서는 어쩔 수 없는 부분이기도 했다.

게다가 이미 루드말이 그 정체를 일부 드러내기까지 한 상황이었다. 감추고자 해서 감춰질 진실이 아닌 것이다.

단지, 그의 발언은 이를 좀 더 가속화 시킨 정도일 뿐이었다.

"귀한 손님께서 찾아주셨군요."

빠르게 감정을 수습하고 당혹감을 지워낸 비에란이 정중한 태도로 에던을 향해 예를 취했다.

비록 그보다 한참이나 어린 나이였지만, 상대는 무려 별의 영역에 오른 초월자들 중 한명이었다. 서로간의 나이 보다 위치를 우선할 수밖에 없었다. 때문에 말 한마디도 조심하고자 평대가 아닌 존대로써 말문을 연 것이다.

이에 지금껏 침묵을 지키던 에던도 정중하게 자세를 잡고 입을 열었다.

"처음 뵙겠습니다. 에던 운트라고 합니다."

하지만 과한 예를 갖추지는 않았다.

어찌 되었건 그는 용병왕이었고, 기사왕이라 불리는 사람 아드레안에게 도발을 받은 입장이기도 했다.

비록 이곳에 역공을 취하러 왔다고는 하나, 아드레안 전체와 칼부림을 할 생각으로 찾은 게 아닌 만큼, 적당한 거리감을 유지한 채 상황을 지켜보는 것으로 충분할 터였다.

"헌데, 이곳까지는 무슨 일로 찾아주신 것인지… 들을 수 있겠습니까?"

비에란의 정중한 물음에 에던이 가볍게 미소 지으며 답했다.

"아드레안 측에서 먼저 저를 청한 것으로 아는데, 제가 잘못 알고 있는 겁니까?"

설마하니 이처럼 직접적으로 치고 들어올 줄은 몰랐던 모양인지, 비에란의 얼굴이 일순 굳어졌다.

연신 감정을 제어하고 표정을 다스리고 있건만, 그럼에도 불구하고 갑작스런 일격에 그 같은 노력이 무너져버린 것이다.

하지만 그가 괜히 프릭셀의 부단장인 게 아니었다. 흔들림은 유연하게 흘려보냈고, 표정도 균열도 빠르게 다잡았다.

"일단… 이렇게 아니라, 안으로 가시지요. 저희가 모시겠습니다. 이곳 분위기가 불편하실 수도 있으니, 안에서 따뜻한 차와 함께 대화를 나누시지요."

아무래도 듣는 귀와 보는 눈들이 너무 많았다. 여기서 더 이야기가 진행되다 또 어떤 실수가 발생할지 모르는 까닭에, 우선 자리를 옮기고자 그리 제안을 건넸다.

허나 에던은 결코 그들의 뜻에 따라줄 생각이 없었다.

"제게는 오히려 이런 분위기가 더 편하군요. 아시다시피 제가 용병이지 않습니까. 저희 동네에서는 이런 분위기가 일상이니까요. 따뜻한 차를 놓고 대화라니, 제게는 좀 어색하군요."

굳이 스스로의 위치를 언급하는 건, 비에란과 프릭셀 그리고 좀 더 나아가서는 이곳 아드레안을 향한 자그마한 도발이었다.

눈치 챌 수 있는 이들이 몇이나 될지 모르겠으나, 비에란의 표정으로 봤을 때, 적어도 그는 숨겨진 의미를 읽어낸 듯 보였다.

[용병들의 왕에게 자격을 묻겠다!]

앞서, 사이람이 검가를 나서기 전에 세상에 던진 외침이었다.

때문에 에던은 굳이 '용병'이란 단어를 언급하고 뒤이어 '동네'라고 벽을 세움으로써, 사이람의 발언에 작은 가시를 세워 보인 것이다.

서로가 사는 세상이 다르다는 간접적 발언이었고, 이는 사이람의 외침을 정면으로 부인하는 의미도 담고 있었다.

[기사의 왕이 어째서 용병의 세상을 논하는가.]

물론, 워낙 많은 의미로써 꼬아버린 까닭에, 비에란도 정확하게 파악한 건 아니었다.

이야기를 건네던 당시 은밀히 던져 보내던 에던의 눈빛이나, 스치듯 지나가던 기세를 통해 좋지 않은 의도가 담겨 있음을 알았고, 이 같은 느낌을 기반으로 작게나마 그 의미를 추측하고 있을 뿐이었다.

혹시라도 그가 감춰진 의미를 못 읽을까 싶어, 에던이 의도적으로 기세까지 끼워 넣은 것이기도 한 만큼, 비에란의 반응은 나름 성공적인 결과물이라 할 수 있었다.

'어쩐다….'

태연을 가장한 겉모습과 달리, 비에란의 머리는 바쁘게 움직이는 중이었다.

이미 가문의 정보원들에게 신호는 보내놓은 상황이었으나, 대화를 나눈 시간이 워낙 짧다 보니, 아직까지는 이렇다 할 반응이 나올 시기가 아니었다.

좀 더 기다리면서 가문이 대처할 시간이 필요했다. 기왕이면 저들을 가문의 품 안에 들여놓은 채, 상황을 준비하는 게 최선일 터였다.

특히, 에던에게서 받은 느낌으로 짐작해 봤을 때, 좋은 의도를 지니고 있는 건 아닐 듯싶으니, 더더욱 시야 안에 잡아놓는 게 중요하다고 여겼다.

이곳 드레이안 역시도 그들 가문의 영역권인 건 분명하나, 오랜 세월 속에서 이곳은 수많은 대륙 검가와 기사들이 공유하는 공간처럼 변해있었다.

그런 만큼, 일단 이 장소는 피하고 싶은 게 그의 솔직한 심경이기도 했다.

저들 대부분이 떠돌이 신분의 자유기사라고는 하나, 알게 모르게 각국의 귀족이나 실력자들과 연결되어 있는 이들도 적지 않았다.

말인 즉, 이곳 드레이안에서 발생하는 사건이나 사고는 쉬이 감추기가 어렵다는 의미였다.

일단은 최대한 문제를 일으키지 않는 게 중요했다.

"선뜻 믿기가 어렵군요."

하지만 이런 그의 생각을 비웃기라도 하듯, 말썽을 일으키는 존재가 있었다.

복잡해진 상황에 잠시 생각에 몰두하는 사이, 또 다시 그의 앞으로 나서는 단원이 한명 있었다.

"기사는 입이 아닌 검으로 대화는 나누는 법입니다. 진정 용병들의 왕이라 불리는 분이시라면, 그 실력으로써 증명을 해 줬으면 합니다."

비에란의 표정이 와락 구겨졌다.

'…그라넥 프릭셀!'

이번에도 역시 앞서와 같은 골칫거리가 문제를 일으키고 있었다.

상대는 용병왕이었다.

작은 말썽도 사건이 될 수 있는 존재였다.

❖ ✛ ❖

앞서의 경험으로 인해서일까?

비에란의 손길을 의식하며 의도적으로 간격을 둔 채 움직였고, 덕분에 바라던 자리에 설 수 있었으며, 목적한 외침을 뱉을 수도 있었다.

한 차례 만족스런 미소를 지어보인 그라넥이 눈앞의 사내를 향해 도발적인 눈빛을 던져 보냈다.

용병왕에 대한 소문은 적잖게 들어왔다.

때문에 그 나름대로 이런저런 상상의 나래를 펼쳐보기도 했고, 그럴싸한 형상을 생겨보기도 했다.

그런 의미에서 눈앞의 사내는 여러모로 실망스러웠다.

'…겨우, 이딴 애송이가 용병왕이라고?'

기껏해야 그와 동갑이나 되어 보이는 사내였다.

물론, 사신과 마왕에 대한 소문을 들으며, 그가 생각보다 젊다는 건 알고 있었다.

그렇다면 나이에 걸맞지 않은 무언가를 지녔을 거라 여겼다.

하지만 눈앞의 사내는 그야말로 별 볼일 없는 평범함의 극치라고 여겼다.

적어도 몬스터를 연상시키는 거구에 드워프를 떠올리게 만들법한 강렬하고 단단한, 마치 차돌 같은 몸집을 상상하고 있었건만, 들어맞는 게 하나도 없었다.

물론, 외형적인 분위기에서 제법 용병계를 굴러먹었다는 게 전해졌지만, 그 정도는 이곳 드레이안의 자유기사들 중 아무나 잡고 살펴도 느낄 수 있는 수준일 뿐이었다.

하지만 이 같은 실망감에 나선 건 아니었다.

사실, 그의 걸음을 이끈 건, 다른 분명한 이유가 숨겨져 있었다.

'비에란 영감…'

바로 그들 프릭셀의 부단장을 겨냥한 움직임이었다.

어느덧 일흔을 코앞에 둔 나이의 비에란은 프릭셀 기사단뿐만 아니라, 다른 5대 기사단의 현역들 중에서 가장 나이가 많은 기사 중 한명이었다.

그보다 연령대가 높은 기사라면 5대 기사단 너머의 존재, 가주인 사이람을 비롯한 그의 직속 호위 정도가 전부였다.

이 같은 이유 때문일까?

비에란은 생각보다 그 영향력이 만만찮은 인물로 통했다.

정통성 역시도 크게 부족하지 않은 까닭에, 그 개인에 한정되지 않은 채, 후계에도 제법 힘이 실릴 것으로 여겨지고 있었다.

게다가 지난바 실력 역시도 뛰어난 까닭에, 아드레안 전체적으로도 그는 무시할 수 없는 존재였다.

아무래도 이런 부분은 프릭셀 뿐만 아니라, 다른 여러 단장들에게는 부담이 될 수밖에 없었다.

때문에 비에란의 밑으로 그라넥의 배치 된 것이었다.

그의 역할은 중요했다.

5대 기사단의 하나로써, 프릭셀 기사단은 그 내부로 들어가면 또 여러 갈래로 팀이 나눠져 있었는데, 그라넥이 비에란의 밑으로 배치 된 건, 알게 모르게 그의 명성에 흠집을 내기 위함도 컸다.

물론, 그의 실수는 부친인 프릭셀의 현 단장에게도 악영향이 될 수 있겠으나, 이런 부분을 감추고 왜곡시킬 수 있는 힘 정도는 지니고 있었기에, 부담 없이 만행을 저지를 수 있는 것이기도 했다.

당연하게도 마냥 문제를 일으켜서는 안 됐다.

남들이 봤을 때, 마냥 손가락질 할 수준만 아니라면, 충분한 합의점을 찾아낼 수 있기에, 나름의 적정선을 지키는 게 중요했다.

그런 의미에서 그라넥은 한 차례 '의문'을 제시함으로써, 비에란의 발언에 '의심'을 새겼고, 전면에 나섬으로써 사건의 '계기'까지 제시하고 있었다.

'이제 마무리만 잘 찍으면 된다!'

그라넥은 눈앞의 사내, 에던 운트로 추정되는 사내를 바라보며 물었다.

"한 수 가르침을 청해도 되겠습니까?"

만약의 사태라는 게 있는 까닭에, 여기서도 최소한의 적정선은 지켰다.

정중하게 건네는 말투와 함께 외형적인 태도만큼은 나름의 절도와 예의를 갖춘 것이다.

물론, 그렇다고 해서 앞서의 발언들이 지워지는 건 아닌만큼, 이는 그야말로 주변 시선을 의식한 보여주기 식의 최소한의 적정선일 뿐이었다.

언뜻 그가 버릇이 없고 또 생각이 부족한 것처럼 행동하는 듯 보이지만, 거기에는 의외로 적잖은 계산들이 들어가 있는 것이다.

물론, 그렇다고 해서 그의 성격이 보이는 것과 전혀 다르다는 건 아니었다. 비쳐지는 모습들이 그의 본성이기도 했다.

그러한 부분들에 '연기'라는 명목으로 일말의 계산적 행동들을 집어넣은 것뿐이었다.

어찌 되었건 그는 정통성 있는 프릭셀의 일원이었고, 남다른 교육을 배우면서 자라온 존재였다.

거짓이 아닌, 진실을 더욱 진실 되게 꾸미는 것 정도는 어렵지 않았다.

'형님들이 있으니, 아무래도 후계자 자리는 차지할 수 없겠지만….'

적어도 이런 웃기지도 않는 연기를 통해 괜찮은 직위 정도는 얻을 수 있을 거라 여겼다.

굳이 프릭셀 기사단의 일원이 아니어도 상관없었다.

오히려 다른 기사단에서 그럴싸한 지위를 차지하는 게 더욱 낫다는 게 그의 생각이었다.

때문에 더욱 그럴싸한 무대가 필요한 것이기도 했다.

'그런 의미에서….'

눈앞의 사내가 중요한 것이었다.

씨익!

문득, 새하얀 미소가 시야 가득 밀려들었다.

먹잇감으로 노렸던 사내, 에던이 입 꼬리를 말아 올리며 그를 주시하고 있었는데, 별 것 아닌 행동에도 불구하고, 마치 그의 미소가 시야를 가득 채우는 것처럼 느껴졌다.

그가 성격이나 상황이 어찌 되었건, 아드레안의 일원이자 프릭셀의 기사로써, 그 이유가 무엇인지 모를 수가 없었다.

[존재감!]

등 뒤를 타고 오르는 짜릿한 감각에 그라넥의 뒷머리가 쭈뼛하니 섰다.

'진짜였나….'

얼핏 겉모습에서는 느껴지지 않던 실체가 지금 이 순간 새하얀 미소를 타고 전해져왔던 것이다.

일순, 행동에 대한 후회가 살짝 밀려들었지만, 이내 고개를 털며 상황을 긍정적으로 판단했다.

'…어차피 상관없었으니까.'

상대가 진짜건 가짜건 중요한 건 하나였다

[비에란 프릭셀!]

이번 행동의 목적은 오로지 그만 노리고 있을 뿐이었다.

상대가 가짜였다면?

비에란을 정면으로 노릴 수 있었다.

당연하게도 거짓을 입에 담았다는 걸 명목으로 물고 늘어질 터였다

상대가 진짜였다면?

비에란을 측면에서 노릴 수 있었다.

이 같은 경우에는 가문의 주인, 사이람의 발언과 태도를 끌어들여, 이를 빌미로 비에란을 비난하는 것이었다.

분명, 사이람은 용병들의 왕에 대해서 부정적인 모습을 보여주고 있었다. 당연히 가주의 뜻을 따라서 그들도 검을 빼들어야 한다는 식으로, 일부 억지를 부려가며 물고 늘어지는 것이다.

그야말로 짜 맞추는 형식이었으나, 언급된 대상이 워낙 거물이니 만큼, 제법 진한 흠집을 낼 수 있을 터였다.

이를 위해서는 결정적인 요소가 필요했다.

[희생양!]

짧은 순간 떠올린 계획이었지만 제법 괜찮은 것 같다는 생각이 들었다.

정통성 있는 후계자가 직접 상처를 입는다면?

더더욱 비에란이 입는 타격은 클 터였다.

비록 그라넥을 향한 가문의 시선이 고운 건 아니었지만, 그가 나름 비상한 머리를 지녔다는 건, 가솔들도 인정하는 부분이었다.

이처럼 특별한 점이 있기 때문에 그의 말썽이 일부 용납되는 것이기도 했다.

'오싹하군!'

에던의 시선과 미소 속에서 그는 부친에게서나 느낄 법한 한기를 느꼈다. 하지만 눈빛을 거두지 않은 채, 그 존재감을 오롯이 받아들였다.

'이제 연극을 시작해 보자!'

그렇게 마음을 다스리며 각오를 다지고 있을 때였다.

"하실 말씀이 있으시다면 이곳에서 나누도록 하죠."

기이하다고 해야 할까?

에던의 대답과 시선처리 그리고 태도가 왠지 모르게 기이했다.

그를 인식하지 못하는 것처럼 행동하는 것 같다고나 할까? 마치, 그의 존재를 무시하는 것 같은 느낌마저도 들었다.

'설마…?'

그라넥의 시선이 흔들렸다. 지켜보던 비에란의 눈가에도 옅은 경련이 일었다.

에던이 철저하게 그라넥을 배제한 채, 비에란만을 상대로 대화를 나누고 있음을 깨닫는 건 그리 오래 걸리지 않았다.

"따로 자리를 봐 놓기는 했는데, 아직 나눌 이야기가 있으시면 거기서 하시겠습니까?"

그리고 이 같은 그의 태도는 그라넥의 이성적인 부분을 통째로 뒤집어 버렸다.

"감히…."

눈이 돌아간 그라넥이 고개가 전방으로 기울어졌다.

우득!

하지만 비에란에게 두 번의 실수란 없었다.

그야말로 벼락같은 움직임으로 그라넥의 뒷목을 움켜잡았다.

무언가 어긋나는 소리가 들렸는데, 마치 실 끊어진 인형마냥 딸려가는 그라넥의 모습으로 봤을 때, 잘못 들은 건 아닌 듯싶었다.

"아무래도 오늘 대화는 여기서 마무리를 짓는 게 좋을 것 같군요. 남은 이야기는 차후에 이어가도록 하시고, 오늘은 일단 물러가도록 하겠습니다."

비에란은 그 말과 함께 그라넥을 단원들에게 건네며 바삐 자리를 물렸다.

멀찍이 프릭셀 기사단이 떠나는 모습을 보던 루드말이 에던을 향해 슬쩍 물었다.

"괜찮겠냐?"

그의 정체를 밝힌 것에 대한 언급이었는데, 사실 이 부분은 에던이 의도한 부분이기에 그리 묻는 것이었다.

"뭐, 일단은 계획대로 됐다고 해 두죠."

이곳에서 어찌 행동해야 할 것인가, 많은 생각들을 하면서 여기까지 이르렀다.

출발 전, 레일라와도 이야기를 나눴고 셰릴에게도 조언을 구했으며, 헤일러에게까지 도움을 얻었다.

게다가 여정 내내 루드말에게도 꾸준히 이런저런 이야기를 들었고, 거기에 더해 이곳에 도착하여 드레이안의 실체를 직접 눈으로 보고 몸으로 겪기까지 했다.

다양한 생각 속에서 그가 선택한 도발은 조금 특이한 방향으로 결정이 났다.

프릭셀 기사단의 뒷모습에서 시선을 거둔 에던이 주변을 한 차례 훑었다. 긴장과 흥분 그리고 기대감어린 눈빛과 얼굴로 그와 루드말을 바라보는 드레이안의 기사들이 보였다.

'쯧! 맘에 안 내키기는 하지만….'

이미 계획은 실행된 상태였다. 의도한 건 아니었지만, 어쩌다 보니 일백의 기사들을 마주하며 계획의 씨앗을 골고루 뿌려버린 상황이었다.

실질적인 계획은 이제야 세워졌으나, 본의 아니게 실행은 한 발 앞서서 이뤄져버린 것이다.

과거, 오러홀의 소실에 절망하던 그와 너무도 닮은 이들이 이곳에는 널려 있었다. 지난 아픔이 조금쯤은 작용한 계획일지도 모른다는 생각도 들었지만, 이 부분은 일단 무시하고 넘어갔다.

"그런데… 손을 쓸 줄 알았는데, 무슨 생각이냐?"

슬쩍 던져오는 루드말의 물음에 에던이 어깨를 으쓱였다. 그라넥을 제대로 짓밟아 줄 거라고 여겼건만, 뜻밖에도 그냥 무시하고 지나버린 게 의외였던 것이다.

"뭐, 작은 걸 놓아주고 큰 걸 잡으려는 계획이죠."

루드말이 눈가에 빛이 맴돌았다. 대답을 듣는 순간 짐작되는 부분이 있던 까닭이었다.

[비에란과 그라넥!]

그들 두 사람의 분위기였다.

프릭셀 기사단의 부단장에게 젊은 단원이 정면으로 불만을 내비치던 모습은 분명 정상이 아니었다.

이를 통해서 저들 관계의 비틀림을 느꼈다.

그리고 에던 역시 이러한 부분을 읽고 불씨를 던진 듯싶었다.

가만히 두 눈을 반개한 루드말이 머릿속을 뒤적이며, 이곳 아드레안 내부의 정보를 되새겨갔다.

오래지 않아 그의 두 눈이 번쩍 뜨였다.

아드레안 검가의 내부는 워낙 보안이 철저하다 보니, 제대로 된 정보가 아닌, 짐작 및 추측성 정보들이 난무했는데, 그런 정보들 중에서 흥미로운 내용 하나가 떠오른 것이다.

'그러고 보니… 프릭셀 측에 골칫거리가 있다고 했었지.'

무려, 기사단 단장의 후계 중 한명이었다.

아드레안 검가의 비에란은 워낙 유명한 인물 중 한명이니 만큼, 조금 전 그 상황과 맞물려 생각하자, 얼추 그려지는 대립구도가 있었다.

'알고서 한 걸까?'

잠시 생각하던 루드말이 에던을 바라보다가 고개를 저었다.

'…본능인가.'

아마도 짧은 순간 비에란과 그라넥 사이에 흐르던 감정적인 균열을 읽고, 이를 토대로 움직인 것으로 여겨졌다.

'겉보기와 다르게 여우라고 했었지.'

레일라의 이야기를 떠올리자 확신이 커졌다.

'작은 불씨를 놓아주고, 큰 불길을 일으킬 생각이란 말이지.'

당연하게도 그 작은 불씨는 그라넥일 것이고, 큰 불길은 아드레안 검가일 확률이 높았다.

'흠…'

루드말의 시선이 에던을 향했다.

무슨 생각을 하고 있는 것인지, 드레이안을 쭈욱 둘러보다가 고민하는 모습을 보이는 그의 모습이 전에 없이 진지하게 보였다.

'…묘하게 기대되는군.'

새삼, 이번 여정에 따라오길 잘했다는 생각이 드는 순간이었다.

4. 별을 품은 검!

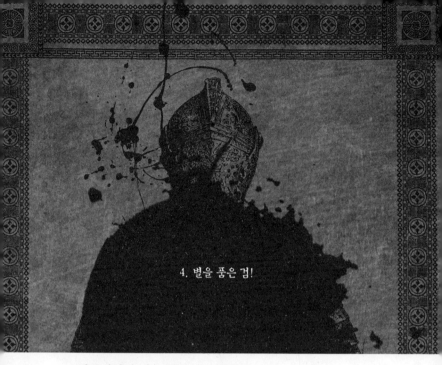

4. 별을 품은 검!

대륙제일의 명문 검가 아드레안!

그곳의 뿌리이자 기둥이라 할 수 있는 다섯 가문과 기사단!

[프릭셀, 이안드라, 엑턴, 드리악, 트로간.]

바로 그 다섯 가문이자 기사단 중 하나인 프릭셀의 후계자라는 자부심, 그리고 자신감!

언제나 이를 기준으로 살아왔고, 실제로 이 같은 관점이나 위치에서 벗어났던 경우는 없던 게 그의 삶이었다.

분명, 그라넥의 삶은 그러했다.

이 같은 모습에 누군가 그런 말을 하고는 한다.

[그건, 네 힘이 아니지 않느냐!]

가문의 것이라며 그를 비웃는다면?

[그렇다고 남의 것도 아니잖아.]

확실히 그 말처럼 비록 그 본인의 것은 아니었으나, 충분히 그는 그 힘을 만끽하고 누리며 또 부릴 수도 있는 위치에 있었다.

비록 일부분을 사용하는 정도였으나, 그것만으로도 목소리깨나 높일 수 있는 수준이었다.

하기에 따라서는 아드레안의 주인도 될 수 있는 위치이니 간접적인 발언권일지라도 무시할 수가 없는 것이다.

물론, 부족함이 있는 재능과 조금은 엇나간 성격으로 인해 가능성은 극히 낮은 편에 속했지만, 그것만으로도 그는 충분히 만족하며 살아왔다.

적어도 그의 또래들 중에, 그보다 높은 목소리의 소유자는 없는 까닭이었다.

게다가 검에 대한 재능을 대신하여, 나름 머리 좀 굴릴 줄 아는 까닭에, 성격적인 결함도 일부 용납해주는 분위기였고, 그로 인해 더더욱 스스로의 위치에 만족하는 경향이 컸다.

물론, 그 덕분에 더욱 비틀리기도 했지만, 그 나름대로의 자부심은 분명 존재하고 있었다.

그런데 바로 그 부분을 정면으로 부정당했다.

'에던 운트!'

생경한 경험이었다.

[무시!]

뒤이어 차오르는 굴욕은 이를 '괄시'로 변질시켰다. 실제로 그가 느끼고 맛 본 감각이 그 정도이기도 했다. 분노가 찼고 심장이 탔다.

"에던 운트!"

연신 그 이름을 입에 담으며 이 뜨거운 불씨의 주인을 떠올렸다.

초월자? 용병왕? 사신? 마왕?

그런 내용들은 더 이상 중요하지 않았다.

물론, 이 부분은 염두에 두는 건 당연하지만, 거기에 얽매여 뒷걸음질을 칠 생각 따위는 없었다.

으득…

억세게 이를 갈아마시던 그가 목 언저리를 매만졌다. 두툼하고 딱딱한 보호 장구가 착용되어 있었는데, 이는 치료를 목적으로 하는 보호구였다.

"비에란 영감…."

에던 그 다음으로 처치해야 할 목표물이었다. 아무리 급박한 상황이었다지만, 설마 그의 목뼈를 틀어버릴 줄이야.

물론, 심각한 건 아니었고, 작은 자극 정도였기에 며칠 관리만 받으면 되는 수준이었지만, 중요한 건 그로 인해 상처를 입었다는 점이었다.

[직계와 방계!]

아드레안 검가에는 그렇게 두 부류로 나뉘는 세력이 존재했다.

당연하게도 직계라고 불리는 이들은 아드레안의 다섯 기둥이라 불리는 5대 기사단이었고, 방계는 그들을 제외한 나머지 기사단을 뜻했다.

아드레안의 역사가 말해주듯, 그 힘의 균형은 직계가 압도적이었는데, 그렇다고 해서 방계를 무시하는 건 아니었다.

그들 역시도 아드레안의 뿌리에서 뻗어 나온 가지였던 까닭에, 상당한 힘을 비축하고 있기 때문이었다.

비에란은 바로 이 방계의 지지를 받는 기사들 중 한명이었다.

분명, 그 출신은 직계에 닿아있었건만, 아슬아슬하게 방계에도 한 발 걸치고 있던 까닭에, 그쪽에서도 남다른 집중과 관심을 받는 것이다.

문제라면 직계에서도 제법 그럴싸한 존재감을 발휘한다는 점이었는데, 프릭셀 기사단의 부단장이라는 직위가 바로 그 실체적인 형상의 결정체라 할 수 있었다.

직계와 방계 양측에서 지지를 받고 있다는 점, 바로 이 부분에 정통성 있는 직계의 주인들이 불쾌감을 느끼는 것이기도 했다.

그 같은 이유로 비에란을 향해 움직인 건 프릭셀의 주인이었지만, 암묵적으로 다른 가문의 주인들 역시 이를 지지

하는 상황이었다.

실행을 위해 움직이는 만큼, 그라넥은 이러한 부분을 아주 잘 알고 있었다.

'좀 더 시간을 들일 생각이었는데….'

나름 비에란에게 배우는 것도 있었기에, 그의 성격과 어울리지 않게 조금은 공을 들여가며 마무리를 지으려 했었다.

하지만 이번 사건은 제대로 그를 자극해버렸다.

"영감… 실수한 거야!"

시뻘건 광기가 그의 동공을 타고 흘렀다.

❈ ✢ ❈

기사들은 말한다.

[별의 영역!]

그 영광된 경지를 항시 입에 올리고, 또 동경하며 언제나 꿈꾸고 바라며 갈망한다.

[초월자!]

때로는 그들에게 별빛을 품는다고 한다.

'과연….'

'…이런 것인가.'

드레이안의 기사들은 진실한 의미로써 별빛의 존재를 이해할 수 있었다.

수많은 기사들이 일제히 무대에서 한 걸음 물러난 상태에서, 오로지 단 한명만이 그 무대에 서 있었다.

[루드말!]

저 멀리 동대륙에서 손꼽히는 검의 명가로써, 최근 들어서는 대륙 전역에 그 이름을 알리고 있는 검가인 드라필만의 주인이 그곳에 홀로 자리해 있었다.

어둔 밤하늘, 쏟아지는 별빛과 유영하는 검광 그리고 흩날리는 열기 속에서, 마치 분위기에 취하듯, 그는 돌연 무대에 섰고 검을 뽑아들었다.

그 순간 마치 약속이나 한 것처럼 기사들이 무대를 비우고 일제히 자리를 잡은 것이다.

보고 싶을 터였다.

동경하는 검, 초월자의 검, 별의 검을 눈에 새기고 싶은 것이다.

그리고,

진정 바라고 꿈꾸던 걸 볼 수 있었다.

별이 떨어지고, 별이 떠오른다.

하늘에 머물러야 할 별빛이 검 위에 맴돌고 있었다. 검 위로 점점이 반짝이는 별들이 시야를 끌어 모았다.

[오러!]

검에 뜬 별빛의 정체였다.

육체적인 능력의 강화를 넘어, 검까지 그 힘이 닿아 존재감을 알리고 있는 것이다.

밝은 대낮에는 쏟아지는 태양빛으로 인해 볼 수 없지만, 이처럼 어둔 밤하늘 아래에서는 확인할 수 있는 빛 무리였다.

때문에 '별의 영역'이라 부르며, 별빛의 주인이라 하는 것이었다.

루드말이 나서던 순간부터 기대는 하고 있었지만, 설마 진정한 별의 힘을 보게 될 거라고는 생각지도 못한 까닭일까?

드레이안의 기사들이 일제히 흥분한 얼굴로 거친 숨을 몰아쉬었다.

하지만 그러면서도 소란을 일으키지는 않았는데, 자칫 루드말의 흥이 깨져서 그대로 무대를 내려올까 두려운 까닭이었다.

쿵쾅거리는 심장과 들썩이는 숨소리를 힘겹게 부여잡은 채, 그들은 진득한 시선으로 무대만을 응시하고 있을 뿐이었다.

이런 그들의 노력이 빛을 발하듯, 드디어 루드말이 걸음을 내딛으며 검을 움직였고, 어둔 밤하늘 쏟아지는 별빛처럼 찬란한 별의 물결이 무대 위로 파도치기 시작했다.

묘한 열기에 휩싸인 드레이안의 모습에, 에던은 한 차례 쓰게 웃었다. 그러다가 무대에서 마치 춤을 추듯 별빛을 휘두르는 루드말의 모습을 바라봤다

'별빛이라⋯.'

에던도 오르고 또 거쳤던 세상이었다.

그 역시도 별의 영역에 이른 초월자라 불렸으며, 거기에 합당한 힘과 능력을 보여주기도 했다.

하지만 그에게는 허락되지 않은 힘이었다.

[별의 힘!]

그것은 순수하게 오러의 극의를 이뤄낸 이들만이 닿을 수 있는 힘이었다.

과거에는 오러홀이 파괴되었던 까닭에 그 힘의 정수를 담아낼 수 없는 것이지만, 이를 회복한 이후에도 별의 힘은 그에게 허락되지 않았다.

루드말과 마찬가지로 그 역시 검을 들면, 자연스레 그 힘의 흐름이 검 끝에 닿고는 했다.

하지만 그 안에 별빛이 내려앉았던 적은 없었다.

[마기!]

아마도 그 힘의 영향일 거라 여겼다.

그런 이유로 에던 역시도 저 같은 풍경은 익숙하지 않았고, 덕분에 무대 위를 가득 채우는 별의 유희에 그 역시 흠뻑 빠져들 수 있었다.

분위기에 취해, 흥이 올라서?

그런 이유로 무대에 선 건 아니었다.

[한 수 보여주시죠.]

에던의 제안으로 인해 슬그머니 자리를 한 것이다. 어차피 드라필만에도 이와 비슷한 자리는 있었다.

월례행사처럼 수시로 가문의 기사들을 모아두고, 그들에게 별의 검을 보여주는 것이다.

장소로 인해 약간의 어색함은 있었지만, 낯선 상황은 아니었다.

그렇게 검을 들었고 별을 뿌렸다.

이는 하나의 계획이었다.

조금은 황당하면서도 재미있을 것 같은 그런 계획이기도 했다.

[이드레안에 가시 하나를 박아놓는 겁니다.]

그리 말한 에던은 드레이안의 기사들에게 그 배역을 맡기자는 제안을 했다.

방법은 간단했다.

[한 수 보여주시죠.]

앞서 언급되었던 그 이야기처럼, 저들에게 보여주면 되는 것이다.

이미 에던이 가르침을 내린 상황이었다.

별의 축복 위로 별빛의 가호가 내려앉는다면, 충분히 저들의 마음을 끌어들일 수 있을 터였다.

특히, 저들의 뿌리가 '기사'라는 건 중요한 부분이기에, 용병인 에던이 저들 마음을 완벽하게 얻기는 어려울 것이다.

때문에 루드말이 나설 필요가 있었다.

[기사!]

그 역시 저들과 같은 길을 걸어가고, 또 앞서가는 존재인 까닭이었다.

그런 이유로 상당부분 계획적으로 나섰고, 분위기 역시 적잖은 계산속에서 의도한 경향이 컸다.

하지만 막상 검을 들고 별빛을 흩뿌리다 보니, 정말로 흥이 올랐고 분위기에 취해버렸다.

앞서 에던이 감정에 이끌려 일백이나 되는 기사들을 마주했듯이, 그 역시 드레이안의 넘실대는 열기에 끌려버린 것이다.

자연스레 검 끝에 새겨진 의미가 깊어져갔다.

그간 에던과 함께하는 시간동안 이런저런 대화를 나누고, 간혹 간단히 검을 섞기도 하면서, 작게나마 깨우친 것들이 있었다.

그동안은 바쁜 여정으로 인해, 이를 제대로 정립할 시간이 없었건만, 이렇게 무대가 마련되고 나자, 저도 모르게 그 부분들에 집중하며 빠져버렸다.

작은 깨우침이 검 끝에 서렸고, 큰 깨달음이 사방으로 흩뿌려졌다.

지켜보던 기사들의 눈가에 뜨거운 물기가 맺혀갔다.

소식을 접했을 때,

"하… 하하하하하하!"

그저 웃어버리고 말았다.

"제대로 한 방 먹었군."

사이람은 가문을 찾은 불청객의 존재에 고개를 절레절레
흔들 수밖에 없었다.

'에던 운트….'

화를 내기보다 웃음을 앞세우는 건, 도발에 도발로 응수
하는 불청객의 태도가 실제로도 재미있던 까닭이었다.

또한 흥미롭기도 했다.

"설마… 아드레안을 찾아갈 줄이야."

가문에서 날아든 소식은 실로 특별한 것이었다.

[에던 운트, 레아-발람에 도착.]

그간의 여정과 앞으로의 일정을 크게 꼬아버리는 내용이
었다. 그도 그렇게 가장 최근에 발생했던 용병왕의 사건 및
소식을 쫓아서, 저 멀리 동대륙으로 움직이고 있는 중이 아
니던가.

중간중간 모습을 드러내고 존재감을 알리며, 자유기사들
을 자극하고, 또 이 분위기를 슬쩍 칠성좌 측으로 끌어주는
역할까지 수행해야 하건만, 대뜸 왔던 길을 되돌리게 만들고
있으니, 모든 계획과 일정이 꼬이는 건 당연한 수순이었다.

[부르기에 왔다!]

그가 찾으니 직접 집안으로 방문한 것이다.

'확실히 보통이 아니야.'

특히, 이제는 적진이나 다를 바 없는 기사들의 성지에 직접 발을 들일 줄이야. 그를 포함한 누구도 예상치 못한 대응이었다.

"어쨌든… 돌아가야 한다는 건데."

이 부분에서는 살짝 입맛이 썼다.

가문을 나오고 짧지 않은 시간이 흘렀고, 그런 만큼 이동한 거리 역시도 만만치가 않았던 까닭이었다.

"그냥 이렇게 돌아가자니, 왠지 좀 허무한데."

여기에서 생각지도 못한 방향으로 그의 발길이 돌아갔다.

"그러고 보니… 이 근방이었나?"

슬쩍, 주변을 돌아봤다.

페르베르멘!

현재 그가 지나고 있는 왕국이었다.

"이 근방에서 제자를 들였다고 했었지."

그저 스쳐가는 인연이라고 들었다.

게다가 검술원에서 위장신분으로 지내면서 간단한 기본기만 가르쳤을 뿐이라고도 했다.

그래도 제자는 제자였다.

"…뭐, 크게 신경을 쓰는 것 같지는 않지만. 가벼운 인사 정도는 남겨야겠네."

별다른 활동을 할 생각은 없었다.

명색이 기사들의 왕이라고도 불리는 그가 아니던가. 당연하게도 자그마한 빈민가 검술원에 피해를 줄 생각은 없었다.

그저 지나는 길에 잠깐 들리듯, 가볍게 '방문'만 하고 올 것이고, 이 같은 부분을 세상에 슬쩍 알리기만 하면 충분했다.

빈만가의 작은 검술원이라면, 오히려 그의 걸음이 큰 도움이 될 수도 있다고 여겼다. 그러면서 작은 소문을 퍼트릴 것이다.

[기사왕 페른 자작령을 지나다.]

딱 이 정도의 소문만 흘려도, 나머지는 알아서 살이 더해지면서, 소문의 규모를 부풀리게 될 터였다.

"때로는 별 것 아닌 행동도 자극이 되는 법이지."

작은 변덕으로 인해, 그의 여정에 작은 유희가 추가되는 순간이었다.

❀ ✤ ❀

겨우 하루였다.

'그런데… 이 변화는 대체….'

비에란은 당혹스런 얼굴로 드레이안의 분위기를 살폈다.

'내가… 장소를 잘못 찾았나?'

175

평상시라면 한창 서로의 검을 맞대며 뜨거운 열기로 들 끓어야 할 드레이안이건만, 오늘은 전혀 다른 풍경으로 그를 맞이하고 있었다.

뜨거운 분위기는 이전과 다를 게 없으나, 그 공기의 정체 가 검의 대화로 일어나는 것이 아닌, 순수하게 '대화' 그 자체로 발생한 열기라는 게 이질적인 부분이었다.

마치 토론의 장이라도 열린 것 마냥, 그들은 자리에 앉아 서 끊임없이 대화를 나누고 있었다.

물론, 그렇다고 해서 무대가 비어있는 건 아니었다. 하지 만 이전과 다른 부분이라면, 대결이라는 느낌 보다는 일종 의 대련 혹은 지도라는 느낌이 더 강해 보인다는 점이었다.

부족함을 지적하고 서로의 것을 나누는 풍경으로써, 사 실 저 같은 모습이 전혀 낯선 건 아니었다.

이전에도 저 같은 모습이야 드레이안에서 볼 수 있었기 때문이었다.

단지, 그들은 드레이안의 중심이 아닌 외곽에서 따로 작 게 토론을 나누는 정도일 뿐이었지, 지금처럼 전체적인 규 모로 무대의 중앙에서 불태우는 수준은 아니었다.

'게다가….'

저들 변화의 중심에 서 있는 존재가 인상적이었다.

'…루드말 드라필만!'

여전히 그들과 일정한 간격을 둔 채, 나름의 거리감은 유지하고 있었지만, 이상하게도 전날이 비해 그 분위기는 좁혀지는 느낌이 들었다.

그리 생각하는 이유라면, 몇몇 기사들이 조심스레 접근하더니 짧게짧게 대화를 나누다가 멀어지는 모습들 때문이었다.

'지난 밤 사이에 뭔가 있었나?'

그렇지 않고서야 하루 만에 달라진 이 변화를 어찌 설명하겠는가.

'흠…'

왠지 입맛이 썼다.

평소라면 이곳에서 발생한 특별한 소식 정도는 전달받았을 것이건만, 오늘만큼은 지금 이 변화를 직접 눈으로 확인하기 전까지는 파악할 수가 없었다.

이유 정도는 짐작 가능했다.

'그라넥 프릭셀…'

좀 더 정확히는 그의 부친이자, 프릭셀 기사단의 단장이 움직인 것이리라.

'명분을 준비한 모양이군.'

사실, 가문에서 그의 위치가 어떠한지, 그 역시 모르지는 않았다. 모를 수가 없었다.

언뜻 우직한 기사의 모습으로 스스로를 감추고 있으나, 그는 생각보다 머리가 돌아가는 편에 속했다.

특히, 직계와 방계 그 둘 사이의 미묘한 위치에 서버린 까닭인지, 더더욱 우둔하기가 어려울 수밖에 없었다.

당연하게도 5대 기사단의 단장들이 그를 어찌 생각하는지 정도는 잘 알고 있었다.

그럼에도 모른 척 했고, 모르려 했다.

[은퇴!]

나름의 경지를 이뤄, 노구에도 불구하고 아직 현역으로 뛰고 있기는 하나, 슬슬 물러날 시기가 다가오고 있음을 아는 까닭이었다.

5대 기사단의 주인들 역시도 이 부분을 아는 까닭에, 직접적인 행동보다는 간접적인 간섭을 펼치는 것이고, 가끔은 한 발 물러나 주는 모습도 보여줬었다.

'그 분위기에 너무 취해버린 건가…'

알게 모르게 그간 은퇴시기를 슬쩍 미뤄왔었다.

[직계와 방계!]

그들 두 세력의 가교역할을 한 번 해보고자 한 것이다.

물론, 결론적으로 이야기하자면, 별다른 결과를 내지 못한 채, 그저 시간만 끄는 형상이 되어버렸고, 그 결과 골칫거리 하나를 떠안고야 말았다.

'그라넥…'

프릭셀의 단장은 아들을 통해서 마지막 경고를 보내오고 있었다.

'…그 놈 성격에 그냥 넘어갈 리가 없지.'

전날의 사건에 앙심을 품게 될 거란 짐작은 충분히 했고, 그 결과가 지금의 이 상황이라고 여겼다.

[정보통제!]

프릭셀 기사단의 부단장인 그가 이곳의 변화를 전해 듣지 못했다는 게 그 증거이리라.

비록 후계순위가 낮다고는 하나, 그라넥은 정통한 혈족의 후계 중 한명이었다. 그간 미뤄왔던 행동들을 시행하기에는 충분한 이유가 될 터였다.

'결국… 막판에 더러운 꼴을 봐야 할 모양이군.'

입맛을 다시는 한편, 그의 걸음이 드레이안의 안쪽으로 향했다.

드레이안 내부를 몇 걸음 걷기도 전에 또 한 번 평소와 다르다는 걸 깨달았다.

이전이라면 그들 프릭셀, 아니 그들뿐만 아니라 아드레안의 기사가 등장하는 순간, 마치 고대의 신화 속 기적의 한 장면마냥, 바닷물이 갈라지듯 좌우로 쭈욱 길을 열어주던 드레이안의 기사들이건만, 오늘은 그들의 존재를 모르쇠로 일관하고 있는 것이 아닌가.

실제로도 그들은 프릭셀 기사단의 등장을 눈치 채지 못하고 있었다. 서로 간에 나누는 뜨거운 토론으로 인해, 기사단의 등장 자체를 인지하지 못한 것이다.

뒤늦게 그의 모습을 발견하고는 후다닥 물러나고는 했으나, 그보다는 토론에 흠뻑 빠져서 시선 한 번 주지 않는 이들이 더 많았고, 결국 비에란은 그들을 피해가며 이동을 할 수밖에 없었다.

아무래도 워낙 복잡한 분위기로 인해, 다른 프릭셀의 기사들은 일단 후미에 대기를 시켜놓았다.

홀로 움직이니 더더욱 그에게 신경을 쓰는 이들이 적었고, 그 때문인지 목적지까지 가는 길이 생각보다 길어질 수밖에 없었다.

하지만 불쾌하다는 느낌은 들지 않았다.

'신기하군….'

저들 드레이안의 기사들에게서 전에 없는 활기를 느끼고 있다는 게 실로 낯설면서도 또 반가웠다.

'마치… 어린 시절로 돌아간 것 같군.'

드레이안의 기사들의 이 같은 모습이나 풍경은 색다르면서도 낯설기만 한 건 아니었다. 과거의 기억 한 자락에 남아있는 그림인 까닭이었다.

언제부터 였을까?

어느 순간을 기점으로 저들의 공기가 가라앉고 분위기가 식어버렸었고, 그로 인해 점차적으로 보기 어려웠던 모습이기도 했다.

그리고 이 즈음을 기점으로 해서 더는 '업적'이라 부르는 20연승의 실력자가 나오지 않게 되었던 것도 같았다.

'언제였더라….'

생각과 동시에 답이 나와 버렸다.

[트로간!]

현 가주인 사이람의 가문으로써, 그들의 독주가 본격화

되던 무렵부터였던 걸로 기억하고 있었다.

물론, 그들에게 잘못이 있다고 결론지을 수는 없었다. 그저 그들은 연달아 가주 자리를 지켜냈을 뿐이고, 그 와중에 드레이안의 변화가 발생한 것이었다.

'…트로간 가문에서 벌써 3대째인가.'

몇몇 기사들은 이 같은 상황들이 장기집권에 따른 폐해라고 여겼다.

'고인 물은 썩기 마련이거늘….'

고개를 절레절레 흔들며 상념을 거둬들였다. 어느새 목적지에 다다른 까닭이었다.

"왔나?"

편안한 어투로 말을 건너오는 사내, 루드말의 모습에 비에란이 쓰게 웃었다.

하루 사이에 변한 드레이안의 분위기처럼, 루드말 역시도 짧은 시간 만에 이곳에 완벽히 적응한 듯, 제 안방처럼 편안하니 땅바닥에 앉아서 그를 맞고 있었다.

"밤사이 평안하셨습니까."

정중히 인사를 올린 뒤, 그 옆으로 늘어져 있는 에던에게로 시선을 보냈다.

"용병왕께서도 잘 보내셨습니까."

순간, 에던의 눈가에 이채가 스쳐갔다.

[용병왕!]

이곳의 가주인 사이람의 발언을 떠올려 본다면, 분명

아드레안은 그를 '왕'으로 불러서는 안 될 터였다.

그들의 머리가 인정하지 않았기 때문이었다.

'…비에란 프릭셀!'

에던은 새삼스런 얼굴로 비에란을 바라봤다. 루드말을 통해 들었던 평가로 생각한다면, 전형적인 기사의 길을 걷는 사내라는 결론이 나왔었다.

'곰의 우직함에 여우의 머리를 가졌다고 했던가.'

거기에 더해,

'여우를 흉내 내는 곰이라고도 했었지.'

작게나마 머리를 쓰는 모양새가 잡힌 덕분에 프릭셀의 부단장이라는 자리까지 오를 수 있었다고 들었다.

조금 전, 그가 '왕'을 언급한 것도 그 같은 부분에 속할 거라 여겼다.

하루 사이에 변한 이곳의 분위기를 읽고, 루드말과 에던의 위치가 전날과 달라졌음을 깨달았을 것이다. 그 때문에 의도적으로 그를 높였다고 여겼다.

알게 모르게 이곳에는 아드레안의 요원들이 숨어있을 것이다. 그리고 이런 이들을 통해 비에란의 발언이 저들 상부에 전해질 확률이 높았다.

'설마… 그걸 모를… 리가 없겠지.'

그럼에도 불구하고 '왕'을 언급했다. 잠시 비에란과 시선을 마주하던 에던은 이내 불필요한 생각들을 털어버렸다.

의외로 그의 눈이 맑아보였던 까닭이었다. 무언가 계략을 꾸미는 것 같지는 않았기에, 일단 상황을 받아들이기로 한 것이다.

게다가 파격은 그뿐만이 아니었다.

"저도 한 자리 좀 차지합시다."

문득, 그처럼 이야기를 건넨 비에란이 대뜸 그들 옆으로 자리를 잡고 앉는 게 아닌가.

털썩!

무어라 말하기도 전에 이미 자리에 앉아 가볍게 웃고 있었다. 이 모습에 지켜보던 몇몇 드레이안의 기사들도 놀란 듯, 눈을 동그랗게 뜬 모습을 보였다.

흙바닥이었다.

그간, 아드레안의 기사들은 이곳 드레이안의 기사들에게 영역은 허락하였으나, 거리는 허락하지 않는 모습을 보였는데, 그 결정적인 모습 중 하나가 드레이안의 기사들 앞에서는 흐트러진 모습을 보이지 않는 것이었다.

절도를 지키며, 철저한 기사의 모습 그 자체를 연기해 온 것이다.

당연하게도 비에란의 이 같은 풀어진 모습을 파격 그 자체일 수밖에 없는 영역이었다.

"뭘, 그렇게들 보십니까?"

오히려 이런 주변의 반응이 이상하다는 듯, 비에란이 슬쩍 넉살을 부리며 상황을 웃어넘겼다.

"허… 확실히 제법 여우 행세를 할 줄 아는구만."

루드말의 직설적인 평가에 비에란이 어깨를 으쓱였다.

"기왕 동물로 비유하실 거면, 토끼나 고양이가 더 좋겠군요."

"사자나 호랑이가 아니라?"

"허헛!"

한 차례 그들 노년의 기사들이 우스갯소리를 나눈 덕분일까?

분위기는 빠르게 풀어지기 시작했다.

"그나저나… 대체 하루 사이에 무슨 일을 벌이신 겁니까?"

솔직한 비에란의 물음에 루드말의 눈가에 옅은 빛이 반짝였다.

짧은 물음 속에서 비에란의 상황을 짐작한 까닭이었다. 그가 지닌 정보와 전날의 상황들을 잘 엮어보니, 대충 그려지는 그림이 있었다.

물론, 이를 겉으로 드러내지는 않은 채, 태연히 그의 물음을 받아주었다.

"오랜만에 가볍게 춤 한번 췄지."

"호…."

이번에는 비에란의 눈이 반짝였다. 그의 답을 통해서 이 변화의 이유를 파악해 낸 것이다.

'별의 축복인가….'

드레이안의 기사들에게는 그야말로 가뭄에 단비와 같은 가르침이었으리라.

물론, 직접적으로 무언가를 내려준 건 아닐 것이다. 하지만 그가 휘두르는 검격을 보는 것만으로도 충분히 배울 수 있고, 또 느낄 수 있을 거라 여겼다.

그리고 실제 상황은 이런 그의 예상을 한참 웃도는 것이었다.

지난 밤, 루드말이 벌린 춤사위는 여정에서 에던을 통해 얻는 것들을 갈무리하던 검무였다.

깨달음의 물결이며 각성의 편린이었다.

저 많은 기사들이 약속이나 하듯 토론을 나누고 서로의 공부를 공유하는 건, 어렵사리 얻은 별의 잔재를 놓치지 않기 위한 발악이며 몸부림인 것이다.

짐작컨대 이 시간을 잘 가꿔낸 이들은 분명 바라던 봉우리를 피우게 될 터였다.

물론, 이러한 부분까지는 알 수 없는 비에란은 순수하게 '춤사위'라는 부분에 집중할 뿐이었다.

'누구의 생각이려나…'

슬쩍 그의 시선이 에던에게로 닿았다. 느낌상 지난 밤 이뤄졌던 별의 축복은 루드말이 의도한 건 아니라는 느낌을 받았다.

'…에던 운트!'

그로 인해 발생한 것일 거란 예감이 들었다.

도착하고 난 뒤, 겨우 하루가 지났을 뿐이건만, 저들이 끼치는 영향력이 실로 어마어마하다는 생각을 했다.

그래서일까?

드레이안의 분위기를 생각해 봤을 때, 생각지도 못한 시기에 의외의 장소에서 뜻밖의 판이 벌어질지도 모른다는 불안한 예감을 받아버렸다.

'가주… 빨리 돌아와야 할 것 같소.'

        ❈ ❖ ❈

"어디서 개수작이야!"

시원하니 뻗어오는 날라차기!

빠악!

호쾌하게 내어주는 옆구리!

쿠당탕…

요란하게 나뒹구는 사내!

언젠가 용병들의 왕이라 불리던 이가 그러했듯,

기사들의 왕이라고 불리던 사내가 그렇게 바닥을 나뒹굴었다.

'뭐지… 이건?'

이해할 수 없는 상황이 머리가 따라가지 못하고 있을 때, 성난 외침이 들여왔다.

"잡상인 출입 금지니까. 꺼져!"

웬 노인네의 외침과 함께 거친 소리를 내며 닫히는 '검술원'의 대문이 보였다.

멍청하니 그 풍경을 바라만 보고 있을 때,

주륵…

뜨거운 무언가가 흘러 입가를 적시는 걸 느꼈다.

"어엇!"

뒤늦게 그 정체를 깨닫고는 정신이 번쩍 들었다.

"코… 코피?"

상상도 못한 일이었다.

[사이람 아드레안!]

대륙 모든 기사들의 왕이라 불리던 그가, 겨우 저 자그마한 검술원의 노인네에게 맞고서는 코피가 터진 것이다.

옆구리의 통증은 별개라는 게 더 황당한 일이었다.

"이게, 뭐야?"

그야말로 사건이었다.

❖ ✛ ❖

뛰어난 정보원이 있고, 그로 인해 훌륭한 수준의 지도를 얻을 수 있었던 만큼, 바라던 목적지에 도착하는 건 그리 오래 걸리지 않았다.

[페른 자작령!]

잠시나마 유명세를 탔던 영지로써, 이곳의 빈민가에 있는 작은 검술원에 별이 머물다 간 덕분인지, 한때 적잖은 사람들의 입에 오르내렸던 장소였다.

사이람은 그곳에 발을 들인 뒤, 잠시의 주저함도 없이 바로 빈민가를 향했다.

'에던 운트!'

잠시간 머무는 것만으로도 그에게 위협이 되리라.

"하루 정도면 되겠지."

검술원에도 좋은 기회일 것이다.

무려 기사왕이라 불리는 사이람이 직접 지도를 해 주는 만큼, 아마도 검술원의 학생들은 오늘 일을 두고두고 추억으로 삼을 수 있을 터였다.

일단은 그의 존재를 알릴 의도인 만큼, 최대한 정중하게 앞으로 나서는 게 좋았다.

탕탕탕…

부드럽게 문을 두드리며 외쳤다.

"실례합니다!"

의도적으로 힘을 실었던 탓에, 자연히 문 한편이 열리며 내부의 모습이 살짝 드러났다.

'…음?'

의외라고 해야 할까?

'다섯? 여섯?'

문이 열리며 점차적으로 드러나는 상황이 뜻밖이었다. 그의 감각으로는 분명 넷, 아이 둘에 어른 둘이 전부였던 것 같은데, 그 이상의 숫자가 시야에 들어온 까닭이었다.

의문을 느끼며 더 안쪽을 살피려는 찰나, 돌연 시야가 가려지며 웬 노인이 모습을 드러냈다.

이 부분에서 한 번 의문을 느꼈어야 했다. 그가 인지하기도 전에 정면을 가로막혔다는 걸 의심했어야 옳았다.

"무슨 일이십니까?"

하지만 즉각적으로 날아드는 물음에 일단 대답을 먼저 생각하며, 준비했던 이야기를 꺼내들었다.

"처음 뵙겠습니다. 멀리 아드레안 검가에서 좋은 만남을…."

그리고 채 몇 마디 이어나가기도 전에 짜릿한 타격성과 함께 허공을 날아야만 했다.

"잡상인 출입 금지니까. 꺼져!"

그 외침과 함께 닫혀버린 대문을 바라보며, 한참이나 넋을 놓아야만 했다. 때 아닌 코피의 존재감이 아니었더라면, 정말 그렇게 한참이나 더 바닥에 붙어있었을 것이다.

"대체… 뭐야?"

물론, 그렇다고 혼란스런 머리를 정리한 건 아니었다. 그저 볼썽사나운 몰골만 바로잡았을 뿐, 뭐가 어떻게 된 일인지 파악하는데 한참이나 더 시간이 필요했다.

"내가… 맞은 건가?"

어렵사리 상황을 이해하고, 뒤늦게 또 한 번의 경악성을 터트려야만 했다.

"맞았다고?"

부정하고 싶은 마음도 컸지만, 옆구리에서 밀려드는 통증은 분명 거짓이 아니었다. 코끝의 뜨끈함도 마찬가지였다.

[사이람 아드레안!]

기사들의 왕이라는 명성이, 그 이름값이 한 순간 빛이 바래는 느낌이었다.

조금 전 그를 걷어찬 존재를 떠올렸다.

'…누구지?'

뒤늦게 떠오르는 의문과 의심.

'그러고 보니….'

애초에 그의 앞을 막아서던 순간부터 이미 심상치가 않았다. 그가 인지하기도 전에 시야를 가렸던 걸 생각해냈다.

한참 그 존재에 대해 생각을 거듭하지만, 마땅히 떠오르는 답안이 없었다. 그리고 이 즈음부터 시점이 다른 방향으로 넘어갔다.

그야말로 찰나의 순간이었지만, 분명 그는 검술원의 내부를 눈에 담았다. 그 잠시 잠깐의 풍경을 되새기며 구도를 바로잡았다.

그리고 이 같은 작업이 잠시 이어졌을 때, 그는 눈을 동그랗게 떠야만 했다.

'설마….'

뒤늦은 깨달음이었다.

'…체넨?'

오랜 과거, 청춘의 끝자락을 불태우게 만들었던 여인의 모습이 그 풍경 안에 자리하고 있던 것이다.

"하…!"

웃음이 나왔다.

"볼 것 없는 검술원 이라더니."

그의 시선이 닫혀있는 검술원 대문으로 향했다.

분명 그가 인지했던 건, 겨우 넷뿐이었다. 하지만 저 안쪽에 자리한 사람은 그보다 많았었다. 그럼에도 불구하고 그는 인지하지 못했다.

말인 즉, 그의 감각권을 벗어나 있다는 의미였다.

체넨과 의문의 노인!

이미 존재감을 숨길 수 있는 두 명이 등장했다.

'그렇다면?'

말도 안 된다는 생각이 먼저 들었지만, 충분히 가능성이 있는 이야기라고도 여겼다.

'저 작은 건물에… 초월자가 득실거린다니.'

현실적으로 불가능에 가까운 상황이지만, 그런 고정관념에 빠져서 시야를 흐릴 생각은 없었다.

그는 아드레안의 주인이며 기사들의 왕이라 불리는 존재였다.

초월자들 중에서도 그 격이 높다는 의미이기도 했고, 그런 만큼 스스로의 감각에 자신이 있었다.

상황을 깨닫고 난 지금도, 여전히 그가 인지할 수 있는
건 겨우 4명밖에 없었다.

"괴수들의 소굴이잖아. 하!"

재차 헛웃음을 터트린 그가 자리에서 일어났다. 일단 이
곳에 대한 상황을 좀 더 자세히 알아볼 필요성이 있었다.

'정보가 필요해!'

간접적인 위협을 위해 스치듯 지나갈 장소라고 여겼건
만, 아무래도 좀 더 집중과 관심을 기울여야 할 모양이었
다.

그의 발길이 정보의 보고, 암전으로 향했다.

❖ ✛ ❖

갑작스런 소란에 의문을 느낀 듯, 아이들을 지도하던 프
레이가 의아한 얼굴로 물어왔다.

"누구에요?"

이에 헤일러가 어깨를 으쓱이며 답했다.

"잡상인."

한 차례 프레이의 고개가 갸웃거렸다. 그도 그렇게 잠시
잠깐 비췄던 방문객의 모습에서 묘한 존재감을 느꼈던 까
닭이었다.

'…착각인가?'

하지만 워낙 찰나의 순간이었고, 이어졌던 헤일러의

발차기가 하도 인상적이었던 까닭에, 그 존재감은 금세 흐릿해져 있었다.

"선생님 이 동작에서 이렇게 넘어가는 게 맞나요?"

게다가 아이들의 물음으로 인해 더더욱 잊어버리는 건 빨랐다.

이런 프레이의 모습에 슬쩍 웃어 보인 헤일러가 한 차례 대문을 바라보다가 안으로 들어갔다.

한쪽에서 쉬면서 아이들의 모습을 구경하던 체넨이 헤일러가 다가오자 슬쩍 물음 던졌다.

"괜찮으시겠습니까?"

"어차피 안으로 들였어도 상황은 다를 게 없었을 게야."

그런 이유로 사이람을 대문 밖으로 밀쳐낸 것뿐이었다. 물론, 그 과정이 조금 과격하기는 했지만, 그 정도는 해 줘야 함부로 검술원의 대문을 두드리지 못하지 않겠는가.

"그나저나 확실히 보통이 아니야."

체넨의 눈이 반짝였다. 헤일러의 이야기가 사이람을 향한 평가임을 아는 까닭이었다.

그녀와 달리 헤일러라면 좀 더 깊은 부분까지 살폈을 거란 생각에, 자연히 귀를 기울이게 되었다.

어느 틈엔가 레일라와 셰릴 역시 다가와 있었다.

아이들을 가르치느라 집중하던 프레이와 달리, 그들은 분명하게 방문객을 봤고, 그 존재를 살필 수 있었다.

애초에 그들 곁에 있었던 헤일러가 마치 공간을 이동하듯 대문 앞으로 다가간 순간, 신경이 집중 될 수밖에 없기도 했다.

"그 친구는 벽을 오르는 중이더군."

체넨의 표정이 살짝 굳어졌다. 그 의미를 이해한 까닭이었다.

별빛 너머!

그 경계선에 한 발 걸치고 있다는 뜻이었다. 물론, 언제까지고 마지막 한 걸음을 내딛지 못할 수도 있겠으나, 지금 당장 분명한 건 그녀보다 앞서 있다는 부분이었다.

아직 그녀는 경계에 이르지는 못한 까닭이었다.

"확실히… 제법이야."

헤일러는 새삼 사이람에 대해 떠올렸다. 그가 문을 두드리기 직전에서야 그 존재를 인지했을 정도니, 새삼 그 능력에 대해 감탄이 일수밖에 없었다.

그리고 바로 이 부분 때문에 안타까운 마음도 들었다.

'어찌하여…'

분명, 그 기척을 읽어내지 못한 건 사이람의 수준 때문이기도 하겠으나, 그가 지닌 독특한 기운 역시도 한 몫 거들었음을 알고 있었다.

조금 전 그의 발차기가 꽂혔을 때, 밀려들던 반동에서 그 독특한 흐름을 읽어냈다.

'아드레안의 주인이 마기라니… 허!'

믿을 수 없고 이해하기 어려운 상황이었다.

게다가 마기 특유의 음산한 느낌은 전혀 비치질 않았다. 오히려 직접 마주하고 난 뒤에야 그 기운의 흐름을 느낄 만큼, 오히려 그 기운 자체의 존재감은 흐릿할 정도였다.

'아드레안… 아드레안이라….'

뜻밖의 상황 때문일까? 헤일러는 연신 그 이름을 머릿속으로 되새겨야만 했다.

❖ ✛ ❖

갑작스런 불청객의 등장으로 인해, 델론은 크게 당황해야만 했다.

'집행자!'

암전 내부를 감찰하는 뿌리 측의 일원으로써, 가끔씩 등장한다고 알려져 있는 존재가 돌연 그의 거처를 찾아온 것이다.

'대체, 왜?'

불안감이 커질 수밖에 없었다.

그도 그렇게 암전을 배신한 상황이기 때문이었다. 외형적으로는 이전과 별반 다를 게 없는 생활을 하고 있지만, 내부적으로는 착실히 배반을 위한 준비를 마련하는 중이었다.

당연히 집행자의 등장에 기겁을 할 수밖에 없는 것이다.

'침착하자!'

하지만 그 특유의 연기력을 살리며, 애써 그 표정을 감출 수 있었다. 물론, 워낙에 갑작스런 상황인 까닭에 당혹감을 완전히 숨길 수는 없었다.

그러나 이 부분에 크게 집착하지도 않았다.

집행자가 등장했다는 부분 자체만으로도 놀랄 부분이기에, 그에 합당한 경악성과 두려움 정도는 얼굴 위로 드러내는 것도 이상할 건 없는 까닭이었다.

애써 감정을 추스르고 있을 때였다.

"검술원의 정보를 가져와라."

집행자로부터 당황스러운 명령이 떨어졌다. 일순간 정말로 들킨 건가 싶은 마음에 심장이 펄떡거렸다.

물론, 그 와중에도 명령은 착실히 따르며 검술원과 관련된 정보들을 분류해서 가져왔다.

당연하게도 에던과 관련하여 정보조작을 마친 내용이었다. 애초에 그가 알아챘던 부분들을 제외한다면, 별달리 조작할 내용들도 없는 만큼, 크게 지적할 부분이 없을 터였다.

"흐음…."

한참을 검술원과 관련된 정보들을 살피던 집행자는 돌연 하나의 질문을 건네왔다.

"헤일러라는 자에 대해서 따로 조사된 건 없나?"

순간, 델론의 눈매가 얇아졌다.

'…에던 운트가 아니라?'

생각지도 못한 일의 연속에 잠시간 얼굴의 표정이 흐트러졌다.

"고… 곧 가져오겠습니다."

이해할 수 없는 명령이었으나 어쨌든 받아들이며 바삐 그와 관련된 정보들을 꺼내왔다.

한 때, 그 역시도 헤일러에 대해 의문을 품었던 적이 있기는 했다.

하지만 이는 순수하게 에던이 머물던 검술원의 새로운 원장으로써의 관심이었다.

'과거가 불분명하다는 점에서 조금 신경이 쓰이기는 했지만…'

결국, 빈민가에 사는 이들의 과거야 정확하기가 어렵다는 판단에 흐지부지 됐던 부분이기도 했다.

어쨌든 잠시나마 신경을 썼던 존재인 만큼, 그와 관련된 자료를 준비하는 시간은 그리 오래 걸리지 않았다.

생각보다 그 양은 많지 않았다. 앞서 언급되었듯 그 과거가 불분명하다고 판단이 난 까닭이었다.

"흐음… 정보가 이게 전부인가?"

집행자의 물음에 델론이 마른침을 삼키며 어렵사리 대답했다.

"그… 그게 전부입니다."

행여 트집이라도 잡힐까, 급히 부족한 이유에 대한 보충 설명을 해야만 했다.

"조사한 바로는 원래 '베르만 에일' 이름으로 활동했다고 하는데, 애초에 떠돌이였던 모양인지, 그 부분에 대한 정보도 따로 수집된 게 없었습니다."

과거, 에던에게 검술원을 사기로 팔아치우던 당시의 신분까지 알아냈지만, 그것도 애초에 위장신분이었던 모양인지, 그 이상 추적하는 건 무리였다.

"떠돌이라…."

잠시 그 단어를 입에 굴리던 집행자는 이내 혼잣말처럼 나직이 중얼거렸다.

"…결국, 직접 부딪쳐 봐야 한다는 건가."

집행자가 옆구리 한편을 부여잡으며 한숨을 내쉬는 게 보였다. 언뜻 앓는 소리가 새어나오는 것 같기도 했다.

"끄응…."

어째서인지 가면 너머로 그 얼굴이 일그러져 있을 것 같다는 생각이 들었다.

❖ ✚ ❖

설마설마 싶었건만, 역시나라고 해야 할까?

"잡상인 출입 금지라고!"

암전의 집행자라는 비밀 신분을 지니고 있던 사내, 사이람 아드레안은 전날과 다름없는 몰골로 볼썽사납게 빈민가의 땅바닥을 구르고 있었다.

설마하니 또 다시 날라차기를 날릴 줄이야.

"이런, 썅!"

가주의 자리에 오르고, 근 30년의 세월 가까이 잊고 지냈던 욕지거리가 불쑥 튀어나왔다.

전날과 같은 자리에 또 한 번 발차기를 허락한 까닭일까? 한층 더해진 통증과 믿기 어려운 현실 그리고 스스로의 황당한 몰골에 버럭 성질이 난 것이다.

"뭐?"

하필이면 그 외침을 들어버린 듯, 닫혔던 대문이 다시금 열리며 예의 그 노인이 모습을 드러냈다.

"이런 돼먹잖은 놈을 봤나."

어디서 난 것인지, 노인의 손에는 빗자루가 하나 들려있었다.

'설마… 저걸로?'

저도 모르게 몸이 뒤로 빠졌지만, 안타깝게도 노인의 빗자루는 제법 간격이 길었다.

빠악!

그대로 내리치는 일격에 정수리가 쪼개지는 것 같은 통증을 느끼며 다시금 바닥으로 고꾸라져야만 했다.

"이런, 씨벌!"

말문이 트인 아이가 이러할까. 잊어버렸다 여겼던 욕설들이 하나 둘 입안에서 굴러 나오기 시작했다.

당연하게도 그에 호응하듯 노인의 빗자루도 춤을 추며

박자를 타는데, 여기서 환장할 부분은 그 춤사위 속에서 도통 빠져나올 수가 없다는 점이었다.

'내가? 또 맞고 있다고?'

그것도 일방적으로 두드려 맞는 중이었다.

도통 믿을 수 없는 현실에 가까스로 잡고 있던 이성의 끈이 일부 뜯겨나갔다.

"크아아악!"

성난 외침과 함께 그의 두 눈 위로 시뻘건 핏빛 기운이 맴돌며, 사나운 기세가 사방으로 뻗어나갔다.

"흘…."

이 모습에 노인, 헤일러가 나직한 웃음을 흘리며 빗자루를 쥔 손에 힘을 더했다.

'무시무시하군.'

감추려던 것과 다르게, 본격적으로 그 마기를 꺼내들자, 절로 몸서리가 쳐질 정도로 아찔한 기세가 덮쳐오는 걸 느꼈다.

'그 녀석과는 전혀 다르군.'

과거, 에던에게서도 이와 비슷한 감각을 맛본 적이 있기는 했다.

하지만 눈앞의 사내와 에던에게는 결정적인 차이가 있음을 알았다. 둘 모두와 마주해 봤기에 확신할 수 있는 부분이었다.

에던은 칠흑 같은 어둠이었다.

'마치… 심연과도 같은….'

그렇다면 눈앞의 사내는?

'탁해… 꼭 잿빛에 바래버린 느낌이군.'

짐작컨대 둘 사이의 결정적인 차이는 '순도'이리라.

[마신의 사자!]

에던에게서는 공포와 함께 신성함이 공존하는 느낌이 있다면, 눈앞의 사내는 그저 자극적인 악의만을 품고 있었다.

여러 이야기나 전설 그리고 신화 속에서 자주 언급되는 마기의 느낌을 고스란히 지닌 듯 보였다.

기본적으로 성직자 계열이라 할 수 있는 몽크들은 저 혼탁한 악의에 적잖이 흔들렸을 것이다. 하지만 헤일러는 달랐다.

'흠….'

웃음이 나왔다.

그도 그렇게 젊을 적 그의 모습을 떠올리게 하는 까닭이었다.

낯설지가 않았다.

'…오히려 익숙하군.'

선천적으로 악의를 지니고 있던 그이기에, 저 같은 기세는 어린 시절부터 함께하던 그의 동반자와 같은 것이었다.

스승을 만나지 못했더라면, 아마 모르긴 몰라도 희대의 악귀가 탄생했을 확률이 높다고, 그 스스로도 인정할 정도였다.

201

그래서일까?

저 상반된 기세 속에서도 움츠러들기 보다는 더욱 힘이 들어갔다. 뿐만 아니라, 마치 청춘의 편린을 불러오기라도 하듯, 그의 몸놀림도 더욱 날래지고 있었다.

'여기서 소란을 피울 수는 없으니.'

빗자루가 요란하게 또는 현란하게 움직이며 사이람의 전신을 두드렸다.

찌잉…

문득, 빗자루를 타고 넘어오는 반동이 심상치가 않다는 걸 깨달았다.

아니나 다를까, 준비하고 있었다는 듯, 그의 공세를 넘어 쭈욱 뻗어오는 일격이 보였다.

"후웁!"

짧게 호흡을 가다듬으며 이를 받았다.

투두두둑…

'끄응….'

프레이의 손에 몇 차례나 재생을 거쳤던 검술원의 역사가 드디어 제대로 분질러지는 게 보였다.

산산히 조각나 흩날리고 있었다.

당연하게도 저 한편에서 이를 훔쳐보던 프레이의 표정이 와락 구겨지고 있었다. 빗자루를 고치는 건 결국 그녀의 역할일 것이기 때문이었다.

그나마 뿌리라도 남아있다는 게 다행이라고 해야 할까?

"웃차!"

밀려드는 여파를 털어내고자, 헤일러가 빗자루가 부러지던 반동을 타며 훌쩍 뒤로 몸을 튕겨냈다.

그러자 자연스레 그의 신형이 대문을 넘어 검술원 안쪽으로 들어섰는데, 그 안에서 헤일러가 사이람을 향해 히쭉 웃었다.

"어디, 뭘 팔러 왔는지. 한 번 구경이나 좀 하자."

그러며 손짓한다.

"들어와!"

사이람의 두 눈에 불꽃이 튀었다.

'…으득!'

잠재되어 있던 기운을 방출하며 일시적으로 광기에 사로잡혔다고는 하나, 이는 그야말로 찰나의 순간이었고, 이미 이성이 전면에 세워진 상태였다.

피어나는 마기를 적절히 통제하며 그가 검술원을 향해 걸음을 옮겼다.

'음?'

그렇게 안으로 들어서는 순간, 익숙한 얼굴 하나가 시야에 담기며 잠시 걸음을 멈춰야만 했다.

'체넨…'

앞전에 봤던 게 착각이 아니라는 듯, 그녀가 손을 가볍게 흔드는 게 보였다.

마치 시간을 비껴간 듯, 과거와 전혀 다를 게 없는 그녀의 외모에 잠시 마음이 흔들렸다. 하지만 이어진 음성 덕분에 표정을 숨길 수 있었다.

"어디, 가져 온 것 좀 풀어놔 봐."

"…으득!"

끝까지 그를 잡상인 취급하는 헤일러의 모습에, 잠시 가슴을 적셔오던 추억의 물결 속에서 빠져나올 수 있었다.

이성을 되찾은 그가 냉정한 눈빛으로 검술원 내부를 훑었다.

전날 봤던 아이들은 보이지 않았다.

'안쪽인가.'

저 한편의 건물 쪽에서 아이들을 비롯한 그의 감각권에 잡히던 네 명의 기척이 느껴졌다. 미리 대피를 시킨 걸로 여겨졌다.

'내가 올 거라 예상하고 있었군.'

고개를 끄덕이던 그의 눈가에 한 줄기 이채가 스쳐갔다.

'결계? 마법진인가?'

등 뒤로 대문이 닫히는가 싶더니, 돌연 검술원 주변으로 기이한 흐름이 일렁이는 걸 느낀 것이다.

희미하니 투명한 막 하나가 씌워지는 것 역시 육안으로 확인할 수 있었다.

'흠… 보통 결계는 아니군.'

새삼 이곳이 보통 검술원이 아니라는 생각과 함께, 헤일러를 바라보는 눈빛에 불꽃이 튀겼다.

스릉…

한 호흡 숨을 고른 사이람이 검을 뽑아들었다. 찬란하게 빛나는 검신이 세상 밖으로 모습을 드러냈다.

'호…!'

헤일러의 눈가에 작은 탄성의 빛이 스쳐갔다. 마기를 뿜어내며 변화했던 기세가 다시 한 번 돌변하는 걸 느낀 까닭이었다.

마기가 사라지듯, 순식간에 그 기세가 사그라지고 있었다.

'검에 흡수되는 건가.'

신기한 일이었다.

'허! 이건, 마치…'

심판자의 신기, 사자검을 연상시키는 광경이었다.

잠시 그 놀라운 광경을 지켜보고 있노라니, 어느새 사방 가득 뻗어나가던 마기가 씻은 듯 사라져 버렸다.

기이한 건 그 혼탁한 기운을 받아들였을 것이건만, 검신은 더욱 밝고 찬란하게 빛을 발하고 있다는 점이었다.

'흠….'

상념은 그쯤에서 털어야만 했다. 사이람이 그를 향해 다가들기 시작한 까닭이었다.

뿌리만 남은 빗자루를 한편에 내려놓은 헤일러가 양 주먹을 가볍게 부딪쳤다.

콰앙, 쾅!

노쇠하여 뼈만 남은 앙상한 손이건만, 어디서 그런 괴력이 나오는 것인지, 마주치는 주먹 속에서 천둥이 몰아치고 있었다.

　그 기세에 사이람은 새삼 놀라야만 했다.

　'역시… 보통이 아니야.'

　긴장감이 스멀스멀 올라오는 걸 느꼈다.

　'…왠지, 오랜만이군.'

　도전자가 된 기분이었다. 아드레안의 가주가 된 이후로는 느낀 적 없던 감각이기도 했다. 나름 신선하다고 해야 할까?

　히쭉!

　그러나 신선함에 앞서 분노가 우선이었다. 헤일러의 웃는 얼굴에 와락 인상을 구긴 그가 벼락처럼 달려들었다.

❖ ✟ ❖

　감탄이 절로 나오는 움직임이었다.

　'과연… 아드레안의 주인이라는 건가.'

　뜬금없는 불청객의 소식에, 일찌감치 볼일을 정리하고 온 셰릴은 아슬아슬하게 헤일러와 사이람의 결전을 관람할 수 있었다.

　인간 한계의 영역을 넘어선 두 명의 초월자!

　물론, 거기에서도 각자 올라선 위치가 다르기는 하나, 어찌 되었건 초인이라 불리는 절대자들의 격전지였다.

하지만 놀라울 정도로 그들 두 초인의 대결은 고요했다.

그렇다고 해서 서로 아무것도 하지 않은 채, 그저 노려만
보고 있는 것도 아니었다.

더없이 격렬하게 움직이며 서로의 숨통을 뜯어내기 위해
사납게 이를 드러내며 달려들고 있었다.

단지, 아슬아슬하게 그들은 서로의 이빨과 발톱을 피해
내며, 짙고 깊은 정적의 시간을 이끌어갔다.

그러나 이는 온전히 그들이 만들어내는 침묵은 아니었
다. 휘두르는 검 끝에 대기가 갈라지고, 그 공간 자체에 긴
상저가 새겨진다.

하지만 그 여파가 멀리 검술원의 외벽에 닿는 순간, 상처
는 사라지고 공간은 제 모습을 되찾아갔다.

마법이었다.

레일라가 미리 깔아놓은 마법결계가 외부로 빠져나가는
충격파나 소음을 잡아내고 있는 것이다.

직접적인 타격에도 버텨낼 수 있을지는 아직 확인할 수
없었지만, 제법 공을 들인 결계인 만큼, 저 정도 충격파는
무리 없이 제거할 수 있었다.

하지만 이는 외부로 향하는 소음을 잡아내는 것일 뿐, 내
부의 자체적인 소란까지 제거하는 건 아니었다.

이는 즉, 사이람과 헤일러의 대결에서 아직 이렇다 할 부
딪침이 발생하지 않았다는 의미이기도 했다.

그야말로 종이 한 장?

아니다. 그보다는 더 공간을 두고 여유를 둔 채 피해내야
만 했다. 지나가는 충격파나 예기만으로도 충분히 살갗이
베여나가고 피부에 멍울이 지는 까닭이었다.

하지만 그럼에도 불구하고 그들의 대결은 '아슬아슬' 한
긴장감이 넘쳐났다.

제법 거리를 두고 피하는 모습이지만, 그 간격이 정확하
게 충격파의 경계선에 있는 까닭이었다.

지켜보던 이들은 기사왕이라 불리는 이의 위치를 제대로
확인할 수 있었다.

'벽을 오르는 중이라고 했었지.'

그 실력은 헤일러를 상대로 저 정도까지 버텨내는 걸로
충분히 증명되었다.

하지만 그와 동시에 '부족함' 을 느끼기도 했다.

점차 시간이 흘러감에 따라, 그 표정이 딱딱하게 굳어버
리는 사이람과 달리, 헤일러는 시종일관 여유 있는 얼굴로
팔다리를 휘두르고 있는 까닭이었다.

물론, 겉보기와 달리 그 역시도 상당한 긴장을 하고 있기
는 할 것이다. 단지 겉으로 드러나는 모습을 감출 수 있느
냐 없느냐의 차이겠지만, 그것만으로도 충분히 둘 사이의
격이 느껴지고 있었다.

당연하게도 이 같은 부분은 격전의 중심지에 있는 이들
이 더욱 생생하게 느낄 수밖에 없었다.

'젠장!'

정말이지 여러모로 잊었던 감각들을 느끼는 것 같았다.
도전자의 자세를 떠올리게 만들더니, 지금은 마치 가르침
의 순간을 생각나게 하고 있었다.

납득하기는 싫었지만, 이미 상대가 그보다 위라는 걸 인
정해야만 했다.

상대는 그의 실력을 확인하듯, 일정한 경계선을 넘지 않
은 채, 딱 호흡을 맞추듯 공세를 이어나가고 있었다.

한 수? 그 정도의 격차만으로는 이뤄낼 수 있는 그림이
아니었다.

'설마, 별빛 너머의 존재였을 줄이야.'

충격적인 상황이었으나 거기에 빠져서 허우적대는 볼썽
사나운 꼴은 보이지 않았다. 다행스럽게도 별빛 너머의 존
재를 경험하는 게 처음은 아닌 까닭이었다.

물론, 그렇다고 해서 당혹스런 마음이 작다는 건 아니었
다. 덕분에 집중력이 일부 흐트러지기도 했고, 그 때문에
쓸데없는 힘이 들어가며, 생각보다 빠르게 체력적인 압박
감이 밀려들고 있었다.

"더 풀어놓을 건 없느냐?"

문득, 상대가 그처럼 물어왔다. 여전히 그를 잡상인으로
여기는 태도였지만, 더는 거기에 화가 나지 않았다.

격차를 느끼고 나니, 오히려 상대의 말처럼 더 보여주고
더 풀어놓고 싶은 생각만 가득했다.

'그래. 보여주마!'

사납게 이를 갈아 마시던 그가 양손으로 억세게 검을 움켜쥐었다.

쿠르르르르르…

그 순간, 마치 그간의 침묵을 비웃기라도 하듯, 대기가 크게 흔들리며 요란한 소음을 내기 시작했다.

"허…."

갑작스런 변화에 헤일러의 눈이 빛을 발했다.

"받아낼 수 있다면 받아내 봐라!"

그 같은 외침과 함께 사이람의 검이 휘둘러지고, 붉은빛 · 섬광이 헤일러의 눈앞으로 밀려들었다.

"후웁!"

일순, 헤일러가 짧게 숨을 삼켰다.

콰드득…

내딛은 앞발에 힘이 들어가는가 싶더니, 그와 동시에 발아래 연무장이 가뭄이라도 난 듯, 요란하게 갈라져나갔다.

"어디서 반말이냐!"

그 같은 외침과 함께 헤일러의 주먹이 정면을 쳐냈고, 섬광은 마치 지워지듯, 혹은 소멸하듯 세상에서 자취를 감춰버렸다.

일주일도 안 되는 짧은 시간이었다.

하지만 더 이상 드레이안은 에던 일행에게 '남'의 공간이 아니었다.

[루드말!]

그의 존재로 인해 이곳은 마치 드라필만의 터전이라도 되는 듯, 아드레안의 이름을 잊어가고 있었다.

'…대단하군!'

비에란은 솔직히 인정하고 감탄했다.

겨우 이틀이라는 시간 만에 그들 아드레안의 터전 속에 저들만의 영역을 구축했고, 이후 분위기를 하루가 다르게 단단히 다져가고 있었다.

어떻게 그런 일이 가능할까도 싶었지만, 신분을 위장하여 하루를 이곳에서 지내고 보니, 드레이안의 기사들이 어떤 마음으로 변화했는지 이해할 수 있었다.

'별의 축복이라…'

그것도 무려 명문검가인 드라필만의 주인이 직접 선보이는 별의 잔영이었다.

루드말의 춤사위는 단 하루에 그치지 않았다. 매일 밤 어둠이 짙을 무렵이면, 쏟아지는 별빛을 받아내듯, 그의 검이 무대 위에서 별빛을 새겨 넣고 있었다.

둘째 날부터 몰래 이곳을 찾았던 비에란이기에, 이틀

연속 쏟아지는 별의 축복에 대해서 알 수 있는 것이다.

그 춤사위를 눈에 담았을 때, 전에 없이 고조되어 있던 드레이안의 분위기를 단번에 이해할 수 있었다.

무슨 의도로 저 같은 춤사위를 펼치는지는 모르겠으나, 분명한 건 드레이안의 분위기가 매 순간순간 변화를 거듭하고 있다는 점이었다.

이곳 아드레안에서 오랜 세월 다양한 검을 보고 자라왔던 그 역시도 한 순간 심장이 뛸 정도였는데, 더 말해 무엇하랴.

저들 드레이안의 기사들에게는 그야말로 신세계가 열리는 것처럼 여겨졌을 터였다.

생각보다 그 공기가 나쁘지 않았음일까?

그저 상황만을 살피려던 비에란은 이후 매일처럼 변장을 한 채 드레이안에 발길을 했고, 하루가 다르게 활기를 띄어가는 드레이안의 변화를 생생히 살필 수 있었다.

지금은 흐릿해진 어린 시절의 기억이 새록새록 되살아나는 기분이었다.

당시에는 드레이안의 공기가 더욱 뜨겁고 열정적이었으며, 매일이 축제 같은 분위기이기도 했다.

대륙 각지의 기사들이 찾아와 전혀 다른 검술을 논하는 만큼, 하루가 다르게 뜨거운 장소가 드레이안이었다.

때문에 어린 마음에 자주 찾았던 것도 같았다.

잠시 그리운 옛 추억 속으로 빠져들고 있노라니, 그의

곁으로 슬그머니 다가와 자리를 잡는 그림자가 하나 있었다.

그 은밀한 기척에 한 번 놀라고 뒤이어 얼굴을 확인하고는 두 번 놀라야만 했다.

'에던 운트!'

나름대로 변장을 한다고 했건만, 아무래도 들켜버린 모양이었다.

"가문에서만 활동한 건 아닌 모양이네요?"

대뜸 자리에 앉은 에던이 그처럼 물어왔다.

비에란의 변장이 생각보다 훌륭했던 까닭이었다. 나름 그쪽 방면으로 경지를 이뤘다고 여기는 에던도 한 눈에 알아볼 수 없을 정도였으니, 충분히 뛰어나다 할 수 있었다.

질문의 요지를 파악한 비에란이 쓰게 웃으며 답했다.

"젊을 적에 이리저리 세상 구경을 하면서 배웠습니다."

어린 시절에 드레이안의 풍경에 흠뻑 취했던 만큼, 한때나마 자유기사로써 세상에 발을 내딛었던 시기가 있었고, 거기서 다양한 기술이나 잔재주를 그리고 삶의 방식들을 배우고 익힐 수 있었다.

결국, 가문의 부름을 받아 아드레안으로 돌아오기는 했지만, 나름대로 짧지 않은 기간이었고, 적지 않은 공부를 쌓았던 시기였다.

지금의 자리에 오른 것 역시, 어찌 보면 당시의 경험이 적잖은 도움이 되었다고 여겼다.

짤막한 대화의 끝에, 그들 둘 사이로 짙은 침묵이 내려앉았다. 저 멀리 무대에 피어나는 별빛만이 정적의 어색함을 가려주고 있을 뿐이었다.

"무슨 생각이십니까?"

루드말의 춤사위가 절정에 달했다고 여겨질 무렵, 비에란이 그처럼 물으며 시선을 던져왔다.

이를 마주한 에던이 짧게 실소하며 답했다.

"불편하니까 말 편히 하시죠."

하지만 질문에 대한 답은 아니었다. 그에 눈살을 찌푸리려는 찰나, 에던의 시선을 정면으로 마주해버렸다.

'으음….'

마치, 그 눈빛이 '다 알고 있잖아요?' 그렇게 되물어 오는 것 같아서, 저도 모르게 침묵을 지킬 수밖에 없었다.

확실히 짐작하는 바가 있던 까닭이었다. 그러나 확신을 할 수 없던 까닭에, 고민 끝에 결국은 묻고야 만 것이다.

"끝난 모양이네요."

에던이 그 말과 함께 시선을 무대로 되돌리자, 비에란 역시 자연히 그쪽으로 고개가 돌아가는데, 어느새 춤사위를 끝마친 듯, 루드말이 한숨 호흡을 돌리며 착검하는 모습이 눈에 들어왔다.

분위기가 넘어가버린 상황에서, 비에란이 조금 전 그 눈빛을 되새기며 다시금 질문을 던져야 할지 고민하고 있을 때, 돌연 에던이 자리에서 일어났다.

"매일 구경만 하려니. 저도 몸이 근질거려서 안 되겠네요."

그러더니 대뜸 저 앞으로 내려오는 루드말과 교체하며 무대에 오르는 것이 아닌가.

이 갑작스런 광경은 근 일주일간 처음 보는 모습이었다.

첫날 일백의 기사들과 마주했던 시간 이후, 에던이 직접 무대에 올랐던 적은 없었다. 정체가 발각된 만큼 아드레안의 시선을 의식한 것인지, 의도적으로 무대로의 발길을 자제한 것이다.

자연히 기사들의 시선이 집중될 수밖에 없었다.

루드말이 흩뿌린 별빛에 취해 그 여운을 한껏 만끽하던 와중에, 새로운 별빛이 무대 위로 내려서고 있으니, 어찌 관심이 쏠리지 않겠는가.

기대감이 그들 눈빛 가득 피어나며, 새로운 열기가 드레이안 곳곳을 뜨겁게 데워나갔다.

"허… 저 친구가 나설 줄이야. 제법 흥이 올랐나 보군."

어느새 비에란의 곁에 자리를 잡은 루드말이 그처럼 말하며 흙바닥에 엉덩이를 걸쳤다.

"그나저나 정말 감쪽 같구만. 실력이 제법이야."

변장에 대한 칭찬이라는 걸 아는 까닭에 비에란이 어색하니 웃으며 뒷머리를 긁적였다.

"나도 저 녀석이 말해주기 전에는 몰랐을 거야. 듣고 보니까 자네 얼굴이 보이는군. 소싯적에 연극계에 발 좀 담았나 보이."

그쪽 업계의 분장술은 적잖이 유명했는데, 이를 언급하며 농을 던지는 것이었다. 덕분에 비에란의 미소가 한결 자연스럽게 변할 수 있었다.

"슬슬 시작하려는 모양이군."

하지만 그것도 잠시, 에던이 검을 잡는 모습에 루드말이 시선을 무대로 고정시키며 숨소리를 조절했다.

이는 비단 그 뿐만이 아니라, 이곳 드레이안에 자리한 모든 기사들의 공통된 모습이었는데, 대륙에 유명세를 떨치고 있는 초월자의 별빛을 제대로 확인하고자 하는 마음이 큰 까닭이었다.

어느새 비에란 역시도 고민거리를 잊은 채, 무대에 집중하고 있었다.

스릉…

에던은 한 차례 뽑아든 검을 쳐다만 봤다.

사자검의 독특한 검신이 시야를 가득 채웠다.

'별빛이라…'

그 역시도 궁금했다.

마기를 가득 품어 심연의 깊이를 표현하는 사자검이었다. 하지만 과연 별빛의 찬란함을 '표현' 할 수 있을까?

요 일주일간 매일 밤마다 루드말의 별빛 잔영을 눈에 담았던 까닭인지, 새삼 그 같은 의무과 함께 호기심이 일어난 것이다.

마침 그럴싸한 관람객도 자리한 만큼, 한 번 제대로 칼춤을 쳐 볼까 하는 생각이 들었다.

'빛⋯.'

사실, 그의 검에는 어둠이 짙었다.

모르지는 않았다. 모를 수가 없었다. 마신의 권능이 깃들었기에, 오히려 빛을 삼키는 부분마저도 있을 정도였다.

하지만 빛을 지니고 있다는 것도 알았다.

'⋯정령!'

그로 인해 태어났다던 레일라의 정령이 바로 그 증거였다. 거기에는 빛과 어둠 두 아이가 함께 있었다.

충분히 가능하리라 여겼다.

'삶의 감각⋯.'

치열한 생존의 감각을 떠올렸다. 그러며 그 흐름을 사자검에 '요구'했다.

우웅⋯ 웅⋯ 웅⋯

잠시간 불평을 늘어놓듯 검이 불만스런 울음을 토해냈으나, 가볍게 그 검신을 쓰다듬으며 살살 달랬다.

"잘 하면 나중에 배불리 먹게 해 줄 테니까. 한 번 그림 좀 그려보자."

계획이 어찌 흐를지는 모르겠으나, 결국 사자검의 만찬은 이뤄질 것이다. 이를 가지고 슬쩍 거래를 걸었다.

그럭저럭 먹힌 모양인 듯, 사자검의 떨림이 점차 잠잠해지기 시작했다. 그리고 이어지는 기이한 흐름이 그의 전신을 한 차례 맴돌고 지나가는 걸 느꼈다.

순간, 전장을 떠돌던 당시, 그 아찔한 생사의 갈림길 속에서 피어나던 치열한 생존의 갈망이 머릿속을 채워가기 시작했다.

'후우우웁….'

갑자기 밀려드는 그 강렬한 감각에 호흡을 고르며 온 몸의 감각들을 일일이 통제해야만 했다.

'역시….'

지금까지는 불가능할 거라 여겼다.

[별의 영역!]

물론, 지금도 가능하다는 의미는 아니었다.

검 끝에 별빛을 새기는 건, 여전히 그의 영역이 아니었다. 하지만 '흉내' 정도는 낼 수 있다고 여겼고, 지금 이 순간 그 부분에 대한 확신을 얻었다.

굳이 이렇게까지 '연기'를 해야 하는 이유라면?

'제대로 판을 벌리려면 적당한 도발이 필요하니까.'

비에란의 경우에는 정보가 차단되어 이곳의 상황을 직접 파악해야 했지만, 다른 아드레안의 주인들은 이미 드레이안의 변화를 알고 있었다.

일단, 지금까지는 '기사'의 일원인 루드말이 나서서 무대를 장악했던 만큼, 그들로써도 명분이 부족했을 것이다.

하지만 적잖은 불만이 쌓여가고 있을 건 분명했다.

그런 와중에 에던이 나서서 무대의 주역을 가져가려

한다면, 억지를 써서라도 저들은 명분을 만들고 상황을 해체하려 들 확률이 높았다.

상황이 어찌 되었건 그는 '용병'이 아니던가.

첫 날, 첫 대면에서 제대로 가져가지 못했던 주도권이었다. 하루가 다르게 변화해가는 드레이안의 분위기를 아는 만큼, 명분의 일부를 변질시킬지언정, 분명 밀고 들어올 거라 여겼다.

그의 행동은 시기를 앞당기는 도화선 정도일 뿐이리라.

'뭐… 일단, 그런 것들은 나중에 생각하고, 지금은 좀 즐겨도 되겠지.'

계획적인 등장이었지만, 막상 무대에 서고 수많은 시선에 집중을 받고 보니, 살짝 가슴이 뛰며 정말로 흥이 오르는 것 같은 기분이 들고 있었다.

"후우우우우우…."

에던은 사자검이 알려줬던 흐름을 상기하며 천천히 검을 들어올렸다.

끊임없이 그 감각을 머릿속으로 되뇌며 검을 뻗었다. 휘둘렀고, 베었다. 또한 찌르고 그었다.

단순하고 또 단순한 검격의 반복 작업이었다.

탁, 착, 탁, 착…

그만큼 무대 위를 두드리는 울림도 평범할 수밖에 없었다. 기대가 컸던 까닭일까? 지켜보는 이들의 눈빛에 점차적으로 실망감이 깃들어갔다.

"스네이크?"

"브레덴?"

"이로한? 뭐야? 저 검술들은?"

흔히 초급으로 분류되는 공부가 에던의 검 끝에서 하나하나 펼쳐지고 있었다. 알아보기 어려운 것도 있었으나, 옆에서 혹은 건너에서 들려오는 읊조림을 통해 결국 검 끝에 담긴 그림과 구도가 지극히 단순함을 깨닫기만 할 뿐이었다.

그 눈빛 속의 불길이 조금씩 식어간다고 여길 무렵, 지켜보던 이들의 눈가에 새로운 불꽃이 피어났다.

그건 그들의 것이 아니었다.

순수하게 바라보던 풍경이 동공에 반사되어 비치는 반짝임일 뿐이었다. 하지만 오래지 않아 그 불꽃은 온전히 그들만의 것이 되어 시야를 가득 채우기 시작했다.

"맙소사!"

흔히, 초월자들이 검을 들면 '별빛'이 쏟아진다고 표현하고는 한다. 그들의 검 위로 반짝이는 오러의 정화, 별의 잔재가 그런 풍경을 그려내는 까닭이었다.

이곳에 있는 기사들은 루드말의 춤사위를 통해 그 의미를 온전히 깨달은 이들이었다.

때문에 에던의 검 위로 피어나는 별빛에 경악할 수밖에 없었다.

'별빛?'

생각과 동시에 고개를 저어야만 했다.

'저건… 별빛이라 할 게 아니다!'

약속이나 한 듯 대다수의 기사가 자리에서 일어나 무대를 바라보고 있었다.

'별… 그 자체!'

에던의 검 위로 밝은 빛 무리가 일렁이는 게 보였다. 마치 별이라도 되듯, 그렇게 무대 위로 찬란한 별이 솟아오르고 있었다.

5. 장난질.

5. 장난질.

그저 하룻밤, 그렇게 스치듯 묵고 갈 생각이었다.

'분명히 그럴 생각이었는데….'

어느 틈엔가 일주일이라는 시간이 지나있었다. 당연하게 도 그 이유는 하나밖에 없었다.

'헤일러 에일!'

페른 자작령 빈민가에 자리한 검술원의 주인 때문이었 다.

'3전 3패….'

지난 일주일간의 결전 결과였다.

사이람은 믿기 어려운 현실 앞에 절망하거나 좌절하지 않 았다. 첫날이야 잠시 흔들렸으나, 이미 그와 비슷한 존재를 겪어봤던 까닭에, 새아침이 밝고 새벽녘 서늘한 공기가 스며들 때, 온전히 본연의 모습을 찾을 수 있었다.

그리고 이어진 두 번과 세 번째 도전 속에서, 오히려 그는 시원하니 웃어버렸다.

진정으로 '도전자'의 위치에 섰음을 인정한 까닭이었다.

"내가 여기에 있다는 걸 알리지 마라."

집행자의 가면을 쓴 채, 이곳 암전 정보를 담당하는 이에게 그리 전했다.

이 같은 명령에 정보 관리관인 델론은 내심 만세를 외쳤다.

그도 그렇게 에던과 손을 잡고 암전을 배신하려 착실히 준비 중이었던 만큼, 집행자가 이곳에 있다는 건 여러모로 불편할 수밖에 없었다. 이목의 집중도가 다른 까닭이었다.

물론, 집행자의 정체가 사이람이라는 걸 알게 되면서, 어느 정도는 시선의 집중을 감당해야 할 터였으나, 그래도 사이람 스스로가 감추기를 원했던 만큼, 합당한 명분을 가지고서 정보를 조작할 수 있었다.

덕분에 사이람은 더더욱 철저히 암전의 시야 외곽으로 밀려났고, 적어도 한동안은 그 나름의 자유 시간을 얻은 거나 다름이 없었다.

그리고 사이람은 이 시간을 철저히 검술원에 쏟아 부었다.

'이건 기회다!'

강자를 만났다.

아드레안의 주인이라는 위치를 생각해 봤을 때, 제법 자존심이 상할 수도 있는 일이지만, 어쨌든 그보다 뛰어난 실력자가 등장한 건 환영할만한 일이었다.

그렇잖아도 벽을 마주하며 골머리를 썩고 있던 시기이지 않던가. 이런 상황에서 전력으로 부딪칠 수 있는 존재가 눈앞에 나타났다.

놓칠 수 없는 기회였다!

"게다가… 이유는 모르겠지만, 선을 넘지 않고 있으니까."

어찌된 일인지, 상대는 '생사의 경계선'을 목전에 둔 채 언제나 그에게 한 줌 여유를 남겨주었다.

그 덕분에 목숨을 부지했고, 무려 세 번이나 도전장을 내밀 수 있었다.

사실, 그는 상위의 존재에 대해 한 명 더 알고 있었다.

[유령왕!]

그렇지만 상대는 '도전'을 허락하는 존재가 아니었다. 그저 굴복과 복종만이 납득되는 폭군과도 같았다.

때문에 헤일러와의 만남이 남다를 수밖에 없었다. 게다가 저 빈민가의 검술원이 더더욱 특별해지는 이유가 하나 더 있었다.

'…체넨!'

지난 일주일 동안 세 번을 도전했고, 정확히 세 번 그녀의 얼굴을 봤다.

여전히 변함없는 미모가 새삼 심장을 뛰게 만들었다. 잊었고 또 지웠으며 그렇게 버렸다 생각했던 감정이 미련을 타고 밀려들었다.

'님도 보고, 별도 따고… 흐흐!'

일의 선후가 살짝 바뀐 감도 있었지만, 어쨌든 지금이 기회라는 건 확실하다고 여겼다.

'루드말 드라필만! 그 빌어먹을 애송이도 없으니.'

여러모로 지금은 기회의 시간이었다.

❖ ✛ ❖

잠시 흐름이 비틀려 정체되는 것 같았던 대륙의 전쟁은 자유기사들의 유입으로 인해, 다시금 그 흐름과 열기를 이어나갈 수 있었다.

하지만 그야말로 '아슬아슬'한 경계선에 서 있는 것이나 다를 게 없었다.

"대체, 어딨는 거냐?"

트레이셸의 국왕 라벨르만은 한껏 구겨진 얼굴로 지도를 바라봤다. 그도 그렇게 이전과 크게 다를 것 없는 진형의 변화 때문이었다.

"사이람 아드레안! 대체 어디서 뭘 하는 거냔 말이다."

따로 약조를 한 건 아니었지만, 어찌어찌 움직이겠다는 간단한 소통 정도는 나눈 상황인 만큼, 사이람의 갑작스런 잠적에 성질이 날 수밖에 없었다.

계획대로라면 그가 움직이는 동선을 따라, 자유기사들을 선동하고 그들의 분위기를 칠성좌 측으로 차근차근 끌어들이면서, 전장의 공기를 철저하게 그들의 것으로 변화시킬 생각이었다.

하지만 어찌 된 일인지 사이람의 행적이 묘연해졌고, 자연히 계획은 금이 간 정도가 아니라, 아예 크게 깨지고 부서져 버렸다.

그 역시 아드레안의 소식을 접하기는 했다. 하지만 그렇다고 해서 이런 식으로 자취를 감추는 건 용납될 수가 없었다.

'이대로라면, 전력을 뺄 수가 없는데….'

물론, 전장의 상황이 그들에게 점차적으로 넘어오고 있는 건 맞았다. 숨겨놓았던 칠성좌의 군세를 꺼내든 덕분에, 이미 일부에서는 상황을 뒤집는 분위기가 형성되어 있기도 했다.

하지만 거기까지였다.

'결국… 그놈들이 주체가 될 일은 없는데.'

칠성좌의 군세라 부르지만, 결국 그들은 '실험체'였다. 당연하게도 여러모로 불안요소가 존재하는 것이고, 자칫 주변국의 경계심을 키우는 상황으로 번질 수도 있을 터였다.

암전의 체제가 확실하고, 뿌리의 존재감이 뚜렷하던 이전이라면 모를까, 반란세력들로 인해 커다란 공백이 생긴 지금 상황에서는 필히 주의를 기울여야 할 부분이었다.

그런 이유에서 사이람의 행보와 그에 따른 자유기사들의 유입이 중요한 것이다.

이 급박한 시기에 계획의 결정적인 요소가 빠져버렸으니, 여러모로 골치가 아픈 상황인 건 확실했다.

그나마 초기에 사이람의 소식을 받고, 먼저 준비하고 한 발 앞서 움직인 덕분에, 반란세력에 비해 우위를 점한 부분은 확실히 있었다.

이 덕분에 잠시나마 한 숨 돌릴 수 있기는 하나, 장기적인 측면으로 봤을 때, 결국에는 여전한 불안요소가 남아있음을 인정할 수밖에 없었다.

"빌어먹을 아드레안!"

뒤이어 '빌어먹을 사이람' 이란 말을 연신 입안에 굴리며, 라벨르만은 거칠게 지도를 두들겼다.

"대체, 어디서 뭘 하는 거냐? 대체!"

이 같은 상황은 다른 칠성좌의 주인들에게도 공통되게 일어나고 있는 현상이기도 했다.

그리고,

"빌어먹을… 사이람…."

약속한 것 마냥, 내뱉는 욕설도 비슷하게 이어지고 있었다.

충격 그리고 이어진 혼란 뒤이어 내려앉는 공포에 전율하고 몸서리를 쳐야만 했다.

믿기가 어려웠다.

"별을… 품었다고?"

그저 별빛이 아닌 별 자체를 봤다는 정보원의 소식은 여러모로 등허리를 짜릿하게 만들었다.

프릭셀 기사단의 단장이자 그들 가문의 주인인 '바드란 프릭셀'은 정보원에게 재차 내용을 확인했고, 변함없이 이어지는 같은 내용에 결국 인정할 수밖에 없었다.

믿기 어려웠지만, 모든 정보원이 같은 소리를 내뱉고 있으니, 어찌 의심하겠는가.

그들이 일제히 같은 꿈이라도 꾼 게 아니라면, 결국 그것은 진실이라는 의미였고, 그게 뜻하는 바는 하나밖에 없었다.

'허… 별빛 너머의 존재라니.'

아드레안의 오랜 역사 속에서도 결코 탄생한 적 없던 전설적인 존재가 등장한 것이다.

[검 끝에 온전한 별을 담아내는 자!]

"별빛을 넘어선 존재이리니…."

아드레안에만 맴도는 그들의 전설을 조용히 읊조리며, 주먹을 불끈 쥐었다.

일단, 현 상황은 받아들였다.

'인정할 부분은 인정해야겠지. 하지만….'

그렇다고 해서 납득할 생각은 없었다.

'결국, 적일뿐이다!'

검가의 주인, 사이람 아드레안이 간접적으로 '용병의 왕좌'를 부정했고, 자격을 묻겠다며 의사를 밝혔다.

그 의미를 아는 만큼, 적대적인 자세를 취하는 건 당연하다며, 스스로에게 연신 되뇌고 새기며 생각을 굳게 만들었다.

아드레안이 아닌 외부에서, 그것도 적대적인 존재가 별빛 너머의 세상을 검에 담았다?

인정은 할 것이다.

"…하지만 허락하진 않겠다!"

별의 무덤, 레아─발람!

"용병이라지만 그곳에 한 자리쯤 허락해 주마!"

두 눈 가득 피어오르는 그건, 언뜻 '질투심'이라 불리는 그것과도 매우 흡사한 불길이었다.

❖ ✛ ❖

"별빛 너머라…."

그 등장을 알았을 때, 너무 강한 자극이 될 거란 예감을 받았다.

"…위험하군."

적잖이 '변이'를 일으키는 와중이었다.

아드레안 검가주의 동생이자 트로간 기사단의 부단장인 '세인 트로간'은 지난밤 전해온 소식에 전율하는 한편, 내용의 말미에 골치 아픈 사건이 터졌다는 걸 직감할 수도 있었다.

"정말… 뜬금없군."

별빛 너머의 존재에 대해서는 상상도 못한 부분이었다.

들려오는 소문을 통해 용병왕의 특별함을 익히 알게 되기는 했지만, 설마하니 그게 별빛 너머를 가리키는 것일 줄이야.

'과장된 부분이 있을 거라 생각했더니… 으음!'

레드문과 남다른 관계가 있다는 걸 아는 만큼, 그들에게 모종의 도움을 얻었다고도 여겼다.

하지만 전날 올라온 보고서가 진짜라면, 그 모든 소문은 진실일 것이라는 결론이 날 수밖에 없었다.

믿기 어려웠지만 그들 요원들의 눈과 감각을 믿기에, 의심하지는 않았다.

'너무 강한 자극은 좋지 않은데….'

아드레안을 지탱하는 다섯 가문, 좀 더 정확히는 그들 트로간을 제외한 나머지 네 가문들에게 행해진 모종의 '실험'이 이번 사건을 계기로 악영향을 끼칠 수 있음을 알았다.

그 위험성을 아는 까닭에, 골머리가 아파오는 것을 느낄 수밖에 없었다.

'실험의 문제점인 연공법의 부작용이 어느 정도인지도 파악이 안 된 상태라서, 더욱 조심해야 할 텐데.'

특히, 아직도 한참 진행 중이라는 부분이 중요했다.

'아직 실험이 얼마나 이뤄졌는지, 확인 작업을 마친 것도 아니건만….'

게다가 감정적인 절제력에 적잖은 결함이 있는 만큼, 자칫 최악의 상황까지 치달을 수 있음에, 더욱 긴장감을 유지해야만 할 터였다.

'그라넥 프릭셀! 특히, 그 꼴통이 문제인데… 쯧!'

듣기로는 이미 충분한 자극을 받았다고 하니, 더더욱 걱정이 되는 것이다.

물론, 후계자라고는 하나 그 위치가 어중간한 만큼, 그라넥이 일으키는 말썽 정도는 감당할 수 있고, 또 통제할 수 있는 수준이었다.

하지만 가문의 주인들이 일으킬 문제들은 전혀 이야기가 달랐다.

사이람으로 인해 트로간 가문이 검가의 중심에 서 있다고는 하나, 아드레안은 결국 다섯 혈족이 이끌어가는 검가였다.

당연히 세인 혼자서 감당하기에는 무리가 있었다.

'외부세력의 도움을 얻기도 어려우니….'

암전이나 칠성좌의 힘을 끌어들이기 어려운 게 바로 아드레안 검가의 영역이었다.

때문에 더더욱 사이람의 존재가 간절해지는 것이었다.

자리하는 것만으로도 충분한 억제력이 있는 게 바로 사이람 아드레안이었다.

당당히 '아드레안'이라는 성을 사용할 수 있는 유일한 존재인 만큼, 그의 숨결 자체가 검가와 다를 게 없었고, 당연하게도 상징적인 의미 그 이상이기도 했다.

'형님… 대체 어디서 뭘 하는 거요?

연락도 닿지 않는 까닭에, 더더욱 미치고 팔딱 뛸 것 같은 상황이었다.

'멱살을 쥐어뜯기 전에, 후딱 돌아오는 게 좋을 겁니다!'

나름 평정심을 유지하고자 노력을 하고 있으나, 피가 마르고 입술이 타는 건 어쩔 수가 없었다.

❖ ⁜ ❖

수많은 기사들의 가슴에 별 하나를 새겨 넣었던 무대 때문일까?

하루 사이에 에던을 향한 태도는 크게 돌변해 있었다.

[용병왕!]

이전까지는 그 의미를 애써 외면하며, 그 옆에 함께하는 루드말에게 집중하던 드레이안의 기사들이었으나, 단 하루

235

만에 그들은 에던의 존재를 온전히 인정하며 받아들이기 시작했다.

자그마한 부분 부분에서 태도의 변화가 느껴지고, 공손함이 깃들어 있음에, 언뜻 루드말의 위치마저도 넘어선 건 아닐까 싶은 착각마저도 들고는 했다.

'뭐… 그 정도는 아니겠지.'

아무래도 기사와 용병이라는 차이로 인해, 아직 거기까지 넘보기는 무리가 있을 거라 여겼다.

하지만 이 같은 기사들의 태도는 충분히 만족스러웠다. 그가 무대에 오르며, 바라고 또 그리던 모습이 고스란히 펼쳐지고 있는 까닭이었다.

'이 정도면, 생각했던 것 이상이지만.'

효과가 좋아서 나쁠 건 없었다.

'이쯤해서 움직임이 있어도 이상하지 않을 텐데.'

그 같은 의문을 지니고 있을 즈음,

'얼씨구?'

뜻밖의 방향에서부터 아드레안의 움직임이 시작되었다.

"먹을 것 같지고 장난치는 거 아닌데…."

혼잣말마냥 중얼거리는 에던의 손 위로, 드레이안에 보급되는 빵이 들려있었다. 공짜는 아니지만 저렴한 가격으로 드레이안의 기사들이 끼니를 해결할 수 있는 음식으로써, 아드레안과 연결되어 있는 상단들이 직접 준비한 것이었다.

"왜 그러나?"

곁에서 루드말이 의아한 듯 물어왔다. 이에 에던은 어깨를 으쓱이며 다시금 빵을 씹기 시작했다.

"별 것 아니에요."

사람에 따라서 어떨지는 모르겠지만, 그의 입장에서는 참으로 재밌는 장난질이 빵 안에 스며있었다.

'장난질을 보아하니, 슬슬 시작하려나….'

얼추 식사가 끝나갈 즈음, 저 멀리서 일단의 무리들이 인파를 헤치며 다가오는 게 보였다.

[프릭셀 기사단!]

최근 자주 접했던 까닭인지, 낯설지 않은 복장이어야 하는데, 그 선두의 무리 때문에 묘한 이질감이 풍겨왔다.

'그라넥… 프릭셀이었던가?'

어쩐 일인지 저들 선두에서 비에란의 얼굴이 보이질 않고, 그의 자리에 그라넥이라던 젊은 기사가 자리해 있었다.

순간, 에던은 그 젊은 기사와 시선이 마주쳤고, 그와 동시에 비릿한 미소가 피어나는 걸 봤다고 여겼다.

"쯧! 하필 먹을 것 가지고 장난질을 쳤을까."

업계의 가장 낮은 밑바닥을 떠돌다 보면, 유난히 먹을거리에 민감해지는 경향이 있었다. 그런 이유에서 봤을 때, 에던은 웃어 줄 생각이 전혀 없었다.

"맛없는 건 참아도, 못 먹을 건 참기가 어렵지."

그러면서도 꾸역꾸역 빵을 꾸겨 넣었고, 이를 본 그라넥의 입가에 다시금 기분 나쁜 미소가 떠올랐다가 사라졌다.

"맛은 있는데, 먹을 게 아니면… 더 환장하지. 끄윽!"

가벼운 트름과 함께 에던이 입가를 닦았다.

"배도 채웠겠다. 몸 좀 풀어 볼까나."

다가오는 이들을 맞이하듯, 에던 역시도 자리에서 일어나 성큼 걸음을 옮겨갔다.

❖ ✝ ❖

"사냥감이 먹이를 물었습니다!"

요원이 가져온 소식에 입 꼬리가 올라갔다.

"움직인다!"

그라넥은 그 같은 외침과 함께 자리에서 일어났고, 그 뒤를 프릭셀 기사단이 따랐다.

드레이안 기사들의 배식을 담당하는 이와 거래하여, 약간의 '장난질' 을 쳐놨다. 당연하게도 그 대상은 이곳 아드레안에 폭풍을 일으키는 핵심인물인 에던 운트였다.

'제 아무리 초월자라 할지라도….'

혹은 부친과 여러 가주들이 경계하는 별빛 너머의 존재라 할지라도 충분히 가능성이 있는 계획이라고 여겼다.

거기까지 생각하던 그라넥의 표정이 와락 구겨졌다.

'별빛 너머는 무슨… 제깟 놈이… 쯧!'

나이도 비슷해 보이건만, 그로써는 상상도 하기 어려운 별의 영역에 올랐다는 것만으로도 충격이건만, 이제는 그 너머 세상을 보고 있다는 소리를 들어버렸다.

믿기 어려웠고, 믿을 수 없었다.

'으득…'

억세게 이를 갈아마시던 그가 옆구리에 찬 검으로 시선을 돌렸다.

스릉…

시선을 두기 무섭게 칼집에서 뽑아들자 찬란한 광채가 세상에 모습을 드러냈다. 유난스러울 정도로 빛을 머금고 있었는데, 그라넥이 설계해 놓은 장난질의 완성은 바로 이 검 '드렉시코'로 인해 이루어질 터였다.

'건방진 놈!'

그라넥은 에던 운트의 얼굴을 떠올리며 성큼 걸음을 옮겼고, 순식간에 드레이안에 다다를 수 있었다.

치미는 살의에 얼굴이 시뻘겋게 달아오를 정도였지만, 놀랍게도 목표물을 눈에 담는 순간, 그 많은 열기가 씻은 듯 날아가 버렸다.

아니, 가슴 깊이 숨어버렸다고 하는 게 옳을 터였다.

곧이어 다가올 징벌의 무대 위에서, 나락으로 떨어질 상대의 최후를 떠올리니, 한 줌 이성을 수면위로 끌어올릴 수 있었다.

침착함과 냉철함을 되찾은 그가 차분한 걸음으로 드레이안의 기사들을 파헤치며 목표물에게 다가갔다.

에던이 나서는 걸 봤으나, 슬쩍 그 옆을 지나쳤다.

"그간 잘 지내셨습니까."

인사말을 건네며 의도적으로 루드말에게 시선을 던졌고, 에던 운트는 시야 바깥에 두었다.

작은 행동이나 사소한 태도에서부터 도발을 하는 것이다.

"허어… 비에란 '경'은 어디 임무라도 나간 겐가?"

그 순간 루드말 역시 짧게 그라넥에게 한 방을 날렸다. 그라넥의 인사를 받기보다 비에란에 대해 먼저 물었고, 거기에 더해 '경'이라는 호칭을 붙이며, 의도적으로 높여주기까지 한 것이다.

루드말 정도 되는 위치의 사내라면 굳이 그 정도까지 할 필요는 없건만, 굳이 상대를 높이는 태도를 취했다. 평소라면 그라넥의 성질을 긁기에 충분한 자극제가 되기에 충분했을 터였다.

하지만 오늘, 지금 이 순간만큼은 달랐다.

짧게 눈가에 경련이 일기는 했으나, 딱 거기까지였다. 그는 침착한 태도를 유지하며 물음에 대한 답을 내어주었다.

"건강상의 이유로 잠시 요양 중이십니다."

"흐음… 건강이 안 좋다니… 허어…."

루드말은 연신 고개를 갸웃거리며 그라넥을 바라봤다. 마치, 네놈들의 농간이지 않느냐고 묻는 듯, 그의 시선은 집요하게 그라넥을 쫓고 있었다.

그 집요함에 결국 그라넥이 그 눈길을 피해 나오며, 그간 무시하고 있던 에던에게로 화제를 돌려보냈다.

"다시금 정식으로 인사를 드리겠습니다. 프릭셀 기사단의 그라넥 프릭셀이라고 합니다. 제가 바깥 세상에 대한 경험이나 정보가 무지하다 보니, 일전에는 무례를 끼쳐드렸던 것 같습니다."

에던의 눈매가 얇아졌다. 정중한 태도과 공손한 어투를 유지하고 있으나, 그 내용은 미묘하게 비틀려 있던 까닭이었다.

'잘못하면 잘못 한 거지, 잘못한 것 같습니다는 또 뭐야?'

게다가 앞서 그를 무시하듯 지나치는 태도에서도 이미 지금의 자세와 상반되고 있었다.

'장난질도 적당히 하는 게 좋을 텐데.'

결국 눈살을 찌푸리는 에던의 모습에 그라넥의 입꼬리가 슬며시 올라갔다. 적당히 불씨를 던진 것 같으니, 이제는 불길을 키울 시기였다.

"헌데, 제가 아무래도 세상 경험이 일천해서 그런지, 실전 경험이 많이 부족하다는 평가를 받고는 합니다. 마침 운트공께서 경험이 대단하시다고 들었는데, 이렇게 만난 것도 인연일 테니, 어떻게… 제가 한 수 가르침을 받을 수 있겠습니까?"

정중한 태도와 자세 그리고 어투였다. 하지만 눈빛만큼은 전에 없이 도발적이었다.

'지랄을 한다.'

저 상반된 모습에 에던이 고개를 절레절레 저으며 한 마디를 건넸다.

"따라 와."

그러고는 먼저 무대를 향해 발길을 돌리는 게 보였다. 마치 제 안방처럼 행동하는 그의 모습에, 그라넥의 얼굴이 살짝 굳어졌지만, 이내 표정을 수습하며 급히 그 뒤를 따랐다.

철컥…

옆구리에 걸린 묵직함, 아드레안의 보검 드렉시코를 강하게 움켜쥐며, 계획의 완성을 위해 성큼 걸음을 내딛었다.

마치 약속이나 한 듯, 기사들이 자리를 비켜나며 무대가 열렸다.

다른 무대의 기사들도 잠시 검을 멈추고, 자리에서 대기하며 저 한편에 활짝 열린 무대로 시선을 집중하기 시작했다.

[용병왕!]

그들에게 신세계를 보여줬던 그 사내가 다시금 무대로 오르는 것을 본 까닭이었다.

그 뒤로 프릭셀의 복장을 한 기사가 따르는 게 보였지만, 평소와 달리 아드레안의 기사는 더 이상 시야에 들어오지 않았다.

오로지 단 한 사내, 에던 운트만이 그들의 시야를 충족시킬 뿐이었다.

그리고 이들 모두의 시선에 오롯이 서 있는 사내, 에던은 무대에 오르는 내내 흥미롭다는 듯, 스스로의 내면을 내려다보는 중이었다.

'흔들흔들… 꿀렁꿀렁… 독특하게도 움직이는군.'

앞서, 삼켰던 빵 속에 숨어있던 기운이 뱃속에서 일렁이는 걸 느낀 까닭이었다.

명확한 이유는 알 수 없었지만, 그라넥과 거리가 가까워진 순간부터 발생한 일이었다. 이를 통해서 새삼 이 '장난질'의 설계자가 누구인지도 짐작할 수 있었다.

'재밌다고 해야 하나… 불쾌하다고 해야 하나?'

이 기운의 정체를 알게 되니, 저절로 장난질에 대한 수위를 조절하게 되었다. 그야말로 최악이라고 할 수 있을 터였다.

'…마기!'

어찌 빵 안에 이런 기운을 담아 넣을 수 있었는지는 모르겠지만, 분명 그의 뱃속에서 꿈틀대는 이 기운의 정체는 '마기'라고 불리는 종류의 것이었다.

마신의 사자로써, 심연의 주인이자 심판자의 지위를 얻은 그이기에 결코 모를 수 없는 기운이었다.

단지, 다른 게 있다면, 그의 기운은 마신의 축복이 깃들어 '격'을 얻은 것이고, 뱃속에 꿈틀대는 이것은 부정하게 탄생한 듯, 불순물이 가득한 기운이라는 점이었다.

하고자 하면 단숨에 이 기운을 제거하거나 정화시켜 받아들일 수 있었다.

'그런 식으로 끝낼 수는 없잖아.'

명확한 이유를 알아내기 위해 따로 담아두었고, 지금 이 순간 기다리던 정답에 가까워지고 있음을 알았다.

무대 중앙에 서서 느긋이 뒤를 돌아보자, 도전자가 끝없는 투지를 불태우며 올라오는 게 보였다.

'투지…?'

잠시 생각해보니 그보다 어울리는 단어가 따로 있었다.

'광기…인가.'

에던이 쓰게 웃으며 손을 내밀어 앞뒤로 까딱였다. 덤비라는 듯 가벼운 수신호를 보내는데, 이 같은 그의 행동에 그라넥이 눈살을 찌푸리며 물어왔다.

"검은… 안 뽑으시는 겁니까?"

"알다시피 내가 용병이라서, 굳이 검이 아니더라도 충분해. 이쪽 바닥이 원래, 병장기뿐만 아니라 손발도 무기거든."

무시한다고 느낀 것일까?

실제로도 무시하는 분위기를 이끌어내고자 그런 태도를 취한 것이기는 하나, 어쨌든 제대로 도발을 한 듯, 그라넥이 본격적으로 그 기세를 뿜어내며 검을 뽑아드는 게 보였다.

'…호!'

에던의 눈이 반짝였다. 내부에 가둬두었던 마기가 크게 일렁이는 걸 느낀 것이다.

'저건가.'

찬란하다고 해야 할 정도의 광채를 내뿜는 그라넥의 검을 바라보며, 이 기운의 명령권이 어디에 있는지를 깨달았다.

그리고 이 순간 대략적인 그림이 그려졌다.

'그런 건가….'

내부를 일렁이는 마기는 분명 일반적인 입장에서 봤을 때, 그야말로 '독'이나 다를 게 없었다.

외부적으로는 그 치명성이 드러나지 않으나, 내부적으로는 끊임없는 마찰을 일으키며, 오러의 흐름을 비틀고 흔들며 연신 타격을 입힐 터였다.

즉, 오러 역류 현상을 의도하는 것이다.

그저 마기를 품었다는 정도로는 거기까지 이르기 위한 시간이 적잖게 걸릴 게 분명하나, 그라넥이 들고 있는 저 검과 마주하는 순간, 시간에 대한 부분은 지워버려도 된다는 걸 알았다.

강제적으로 마기를 흔들며, 에던 내부에서 이처럼 강렬하게 마찰을 일으키는 모습에, 어지간한 실력자들도 금세 오러 역류에 대한 고심에 빠질 거라 여겼다.

이는 그 오러의 단련도가 높고, 그 실력이 뛰어날수록

더욱 위험한 터였다. 그만큼 순수한 기운을 담고 있기에, 뜻밖의 방향에서도 들이치는 오염에 치명적인 것이다.

'초월자라 불리며 별의 힘을 얻은 초인들 역시도 거기에서는 피해갈 수 없을 거라 여겼다.

물론, 적당한 시간을 들여 연공을 한다면, 충분히 이 정도 이상현상을 잡아낼 수 있을 것이나, 대련을 위해 무대에 오른 지금 이 상황에서는 그런 여유를 부리기가 어려울 수밖에 없었다.

이제 와서 대련을 무르자는 이야기를 하자니, 그걸 가지고 물고 늘어지며 이야기를 만든 뒤, 부정적인 분위기를 조장할 거란 생각에, 그러기도 힘들었다.

물론, 애초에 에던 입장에서는 해가 될 일은 아니었다.

'이런 잡스런 마기 따위야…'

생각과 동시에 에던의 내부로 한 줄기 바람이 불었다.

"푸후우우…."

뒤이어 흘려보내는 긴 한숨 속으로 진득한 마기의 잔재가 흩날렸다.

'보아하니 이거 말고는 준비한 게 없는 것 같은데….'

그저 하나의 계획이지만, 실로 치명적인 계획이기에, 아마도 필승을 자신했을 것이다. 실제로 에던이 아니었다면 저들의 의도대로 됐을지도 몰랐다.

루드말이라 할지라도 이 같은 암수에서는 쉬이 빠져나오기 어려웠을 것이다.

에던의 경우에는 마기의 존재를 익히 알고 있기에, 이처럼 여유 있게 빠져 나온 것이지, 루드말이었다면 이곳에 오르고 그라넥이 검을 뽑아들기 전까지는 눈치 채지 못했을 확률이 높았다.

'뭐… 그래도 저 영감이라면, 충분히 이겨냈겠지만.'

게다가 마기에 당한다고 해서 그게 '패배'를 의미한다는 건 아니었다.

[별의 영역!]

어째서 그들이 초월자라 불리는지, 에던은 이 자리에서 그 편린을 한 조각 보여줄 생각이었다.

'엉터리 연극이지만, 끝까지 어울려 주마.'

거기까지 생각하며 다시금 자세를 바로잡았다. 그러며 손을 채차 앞뒤로 까딱이며, 먼저 오라는 듯 도발을 던져 보냈다.

'왜 초월자라고 불리는지!'

발끈한 얼굴로 그라넥이 달려드는 게 보였다.

찬란한 검광이 화려한 빛 무리를 그리며 쏟아져 내렸다.

그리고,

빠각!

에던의 정권이 정확히 그 물결을 헤치며 파도를 갈랐다.

"끄으으읍…"

도통 이해할 수 없다는 얼굴로 제 턱을 잡은 채, 주춤주춤 물러나는 그라넥의 모습이 보였다.

'오러만이 전부가 아니라는 걸, 가르쳐주마!'

에던이 하얗게 이를 드러내며 웃더니, 그 손을 재차 앞뒤로 까딱였다.

"들어와!"

그러면서 나직하니 한 마디를 던지니, 그라넥은 왠지 모를 압박감에 저도 모르게 뒷걸음질을 쳐야만 했다.

슬금슬금 거리를 벌리는 그라넥의 모습에 에던이 짧게 실소를 흘렸다.

"거 참, 오라니까 빼기는…."

이런 그의 모습과 중얼거림을 통해, 뒤늦게 자신의 실태를 깨달은 듯, 그라넥이 얼굴을 한껏 붉히며 성큼 걸음을 내딛었다.

'빌어먹을… 오러도 쓸 수 없는 놈에게 이 무슨….'

실제로 오러의 흐름이 느껴지지 않기도 했다. 아드레안의 정통성 있는 혈족들은 대대로 다양한 오러를 느끼고 감지하는 훈련을 받기 때문에, 주변 오러의 흐름에 유난히 민감하고는 했다.

경지에 이른 이들의 경우에는 그 흐름을 읽는 것만으로도 상대의 수준을 평가할 수 있을 정도였는데, 안타깝게도 그라넥은 거기까지는 이를 수 없었다.

하지만 나름 꾸준한 훈련을 받아왔기 때문에, 오러의 기척 정도는 충분히 읽어낼 수 있는 수준은 됐다.

'그래. 조금 전 일격은 그냥 우연이다! 명색이 초월자라고 불리는 놈인데, 얻어걸릴 수도 있지! 우연이다! 우연…'

쉴 새 없이 '우연'이라는 단어를 입안에 굴린 덕분일까? 검을 쥔 손아귀에 부쩍 힘이 들어가는 느낌이 들었다.

턱의 얼얼함도 일부 가시며, 굳어버렸던 육신에 새로운 활력이 깃들었다.

'우연, 우연일 뿐이다!'

안광을 번뜩이며 그라넥의 신형이 재차 쏘아져 나갔다.

마치, 그의 예상이 들어맞는다는 듯, 이어진 검격의 파도 속에서, 에던은 철저하게 방어에만 전념하고 있었다. 오러의 흐름도 여전히 느껴지지 않았다.

피하고 또 피하고 그러다가 검면을 두드려 막는 모습에, 한껏 가라앉았던 자신감이 다시금 솟구쳐 올랐다. 그가 오러를 사용하지 못한다는 판단에 확신이 선 것이다.

'조금 전은 우연일 뿐이다!'

자연히 입 꼬리가 다시금 올라가며 눈가에 활기가 깃들었다.

빠악!

그리고 또 다시 턱이 돌아가며 뒤로 물러나야만 했다.

"크으으으…"

짜릿한 통증이었다.

물론, 정신이 날아갈 정도는 아니었지만, 적절한 순간에 밀려든 반격이었던 까닭에, 인식한 것 이상의 통증이 뇌리를 치고 들어오며 전신의 활기를 뜯어내고 있었다.

'이게… 대체?'

어떻게 된 일인지 이해할 수가 없었다. 워낙 갑작스런 일격이었던 까닭에, 제대로 뇌가 흔들린 듯, 일순 다리가 휘청거리며 신형이 비틀거렸지만, 입술을 짓씹으며 무너지는 몰골만큼은 피해냈다.

그런 그의 시야로 재차 손을 까딱이며 그를 도발하는 에던의 모습이 보였다.

'대체… 어떻게 된 거지? 어떻게?'

오러도 사용할 수 없는 상대에게 두 번이나 반격을 허용했다는 게 이해가 되질 않았다. 게다가 타격점도 같았다. 납득하기가 어려웠다.

이런 그의 귓가로 더더욱 허용할 수 없는 이야기가 들려왔다. 무대를 지켜보던 기사들이 한 숨 여유가 생긴 타이밍이 토론을 나누는 소리였는데, 절로 동공을 키우는 내용들로 가득했다.

"조금 전 움직임… 그거, 칼-아드리안 아니야?"

"그 전에는 세이란이었어."

"맙소사!"

정말, 그 반응 그대로 충격적인 내용이었다. 어찌 안 그렇겠는가. 칼-아드리안이나 세이란은 전부 아드레안 검가에서 세상에 뿌린 초급 검술의 한 종류이기 때문이었다.

제법 많은 검술원에서 이를 토대로 기본기를 쌓을 정도로, 잘 만들어진 기초 검술이었다.

그 외에도 몇 가지 검술의 이름이 더 튀어나왔는데, 하나같이 아드레안 검가와 관련된 기본 검술들이었다.

'으득…'

머리끝까지 불길이 치솟는 기분이었다. 상대에게 철저한 농락을 당했다는 생각이 든 까닭이었다.

특히, 오러도 사용하지 못하는 상대에게 이런 식으로 당하고 있다는 부분이 더욱 굴욕적이고, 또 치명적이었다.

'죽인다!'

계획 같은 건 더 이상 머릿속에 담겨있지 않았다. 상대를 쓰러트리고, 그 명성을 짓밟으며, 동시에 아드레안의 이름도 높인 뒤, 마무리로 그 역시 목소리를 키우는 것!

그 모든 계획들이 조각나 흩어지며, 그의 뇌리 가득 철저한 살의가 넘쳐흐르기 시작했다.

우우우우우웅…

드렉시코에 오러를 가득 씌우자, 찬란한 검광이 한층 더 크게 빛을 발했다.

마치, 지난 깊은 밤 어둔 무대를 밝히던 그 영광된 빛 무리를 떠올리게 만드는 그런 찬란함이었다.

하지만 지켜보던 모든 이들이 알고 있었다.

'저건… 별이 아니다!'

'별빛과는 다르다!'

이미 한 차례 '진짜'를 눈에 새겼고, 또 가슴에 담았기에, 저 빛은 그저 거짓되고 그릇된 불꽃일 뿐이라는 걸, 지켜보던 모든 이들이 깨닫고 있었다.

때문에 궁금증이 일었다.

저 거짓된 별빛을 진짜는 어찌 응징을 할 것이다. 모두의 시선이 에던에게로 향할 때, 그는 여전한 태도로 손만 앞뒤로 까딱이고 있었다.

"한 수 가르쳐 달라며. 들어와!"

이 모습에 그라넥이 불길을 터트렸다.

"크아아악-!"

성난 짐승마냥 울부짖으며 그가 사납게 전방을 향해 달려들었다. 검을 휘두르되 놓쳐도 온몸으로, 전신으로 들이 받아버릴 생각으로, 그렇게 전력으로 튀어나간 것이다.

"주먹으로는 안 되겠네."

나직한 중얼거림과 함께 에던의 주먹이 슬쩍 전방으로 뻗어진다고 싶은 순간, 뒤이어 접혀지더니 팔꿈치가 전면으로 향했다.

그 순간, 그라넥은 마치 거짓말처럼 세상이 정지하는 느낌을 받았다. 그와 동시에 자신의 모습을 돌아봤고 에던의 팔꿈치가 나아가는 동선이 겹쳐지는 걸 확인했다.

'젠장! 이 대로면….'

냅다 온몸으로 달려들어 저 날카로운 팔꿈치에 머리를

박고 고꾸라질 터였다. 하지만 느려진 시야와 가속된 사고와 달리, 그 육신은 착실히 현실을 헤엄치며 나아가고 있었고, 결국 아찔한 타격성과 함께 고개가 돌아가야만 했다.

그라넥의 신형이 허공중에 빙글 휘돌았다.

쿠웅…

동시에 정신이 아득해지며 시야가 흐릿해졌다.

결국 무너져 내리는 그의 모습을 내려다보며, 에던이 나직하니 한 마디를 던졌다.

"이래서야 한 수는커녕, 반수도 못 배우겠네."

그리고 휙 하니 발길을 돌리는데,

"끄으으응….."

힘겨운 신음소리와 함께 그라넥이 자리에서 일어나는 것이 아닌가. 그 모습에 에던이 실소하며 발길을 돌렸다.

휘청거리면서도 기어이 자리에서 일어나 자세를 잡은 그라넥이 에던을 바라보며 읊조렸다.

"…한…수… 부탁…드립니다."

의외라고 해야 할까?

"제법, 끈기는 있네."

에던이 그 말과 함께 다시금 그라넥을 향해 손을 뻗었다. 그리고 앞뒤로 까딱이는 그 손짓에 그라넥의 눈가에 옅은 경련이 일었지만, 앞서와 달리 흥분해 날뛰거나 열을 내는 모습은 보이질 않았다.

한 차례 호되게 당한 까닭일까?

도리어 침착하고 냉정한 눈빛으로 에던을 응시하며 자세를 바로잡고 있었다. 아직 조금 전 충격의 여파에서 벗어나지 못한 것도 이유가 될 터였다.

여전히 후들거리는 다리와 미세하게 흔들리는 검 끝이 그의 상태를 대변해주고 있었다.

'흐음…'

이상한 일이었다. 에던은 왠지 모르게 눈앞의 사내, 그라넥의 모습에서 커다란 변화를 느끼는 중이었다.

이유는 모르겠으나, 어째서인지 앞서와 전혀 다른 사람이라도 된 것 같다는 생각마저 들고 있었다.

'…거 참, 요상한 놈이네. 한 대 맞더니 정신이 번쩍 들었나?'

그렇지 않고서야 저 눈빛의 변화를 어찌 표현한단 말인가.

흔들리는 육신과 달리, 전에 없이 오롯하게 바로 선 눈빛에 잠시나마 에던도 놀랄 정도였다.

'그래. 뭐가 얼마나 바뀌었나. 한 번 보자.'

거기까지 생각할 즈음, 다리에 힘이 돌아온 듯, 그라넥이 훌쩍 거리를 좁히며 달려들고 있었다.

여전한 검광이 섬뜩하리 만큼 아찔한 예기를 남기며 그의 주변을 휘몰아쳤으나, 어느 하나 제대로 들어오는 건 없었다.

에던은 아슬아슬하니 그 모든 칼바람을 피하며, 그렇게 천천히 야금야금 거리를 좁혀갔다.

그리고 간격을 잡는 순간, 슬쩍 주먹을 뻗었다. 그 순간 그라넥의 눈이 빛났다. 이번에도 마치 그가 먼저 주먹에 돌진하는 형상임을 깨달은 까닭이었다.

이를 알아챘을 때는 이미 고개가 돌아가며, 또 한 번 바닥을 나뒹굴고 있었다.

그리고 딱 거기까지였다.

앞서 일격의 여파에 이번 타격까지 더해진 까닭인지, 더는 일어나지 못한 채, 그렇게 무대 위에서 온전히 정신을 놓아야만 했다.

"뭐… 한 수 정도는 배울 수 있겠네."

마지막 순간, 그라넥의 고개가 미세하게 비틀리는 걸 봤다. 찰나였지만 분명 그의 일격에 반응한 것이다.

물론, 하필이면 방향이 좋지 않아서 더 큰 타격이 들어갔지만, 어쨌든 나름의 변화가 있었다는 걸 느끼게 하는 동작이었다.

그렇게 짧은 감상평을 남긴 뒤, 에던은 이 무대의 막을 내리기 위해 검을 뽑아들었다.

우우우웅…

왜 자신을 뽑지 않았냐는 듯, 사자검이 사나운 울음성을 토해냈다. 손안에서 느껴지는 그 거친 울림을 느끼며 에던이 고개를 끄덕였다.

"그 기분 그대로, 한 번 토해내 봐라!"

동시의 그의 검이 밑에서 위로, 저 높은 하늘을 향해

뻗어졌다. 실제 검이 솟구쳐 오른 건 아니었다.

하지만,

꽈르르르르릉…

한 줄기 거대한 뇌전이 하늘 높이 솟아오르더니, 땅에서부터 하늘까지 거친 균열을 새겨 넣으며, 대기를 갈기갈기 찢어발기며 솟구쳐 오르고 있었다.

생각지도 못한 일격이었던 까닭일까?

드레이안의 기사들이 일제히 입을 쩍 벌리며 하늘 높이 시선을 들어올렸다. 고개가 부러지는 건 아닐까 싶을 정도로 격하게 꺾어 올린 그들의 시야 속에서, 에던의 모습이 사라졌을 때, 그 순간 에던이 움직였다.

으득… 쿨럭!

한 차례 혀를 짓씹고 내부를 흔든 뒤, 그대로 내용물을 토해낸 것이다. 핏물이 가득 담겨있었다. 살짝 찍어서 코나 입 주변에 넓게 퍼트리는 것도 잊지 않았다.

그야말로 찰나 간에 벌어진 일이었고, 하늘에 새겨진 균열 속으로 시야를 뺏긴 이들은 에던의 이 같은 수작을 눈에 담을 수 없었다.

에던이 준비를 마쳤을 즈음, 하늘로 내려갔던 기사들의 시선이 내려오고, 그 여운을 만끽할 새도 없이 무대 위의 풍경을 눈에 담을 수 있었다.

갑작스레 변해버린 무대 위 풍경은 더욱 극적으로 그들에게 다가왔다.

"뭐… 뭐야?"

"…각혈을 하고 계시잖아?"

화들짝 놀란 기사들이 황급히 뛰어오르며 무대 위로 난입했다.

"거… 검은 피?"

핏물의 색을 확인한 기사들의 동공이 커져갔다. 언뜻 비치는 핏속의 잔향이 일반적인 것과 다름에, 부지불식간에 떠오르는 단어가 있었다.

"설마… 중독?"

"맙소사! 중독이라니?"

"누가? 어떻게? 뭐가 어떻게 된 거야?"

실상은 에던이 흘려보낸 마기의 잔재였지만, 그들이 이를 알 수는 없었다.

경악성이 연달아 터져 나왔다. 그 즈음 에던은 이미 신형을 낮추고 있었고, 어느새 한쪽 무릎을 접어 바닥에 기댄 채, 힘겨운 숨을 몰아쉬는 중이었다.

"치료사를 불러!"

"아니, 신관이다! 당장 신관을 모셔와!"

마치 제 일처럼 열을 내며 목소리를 높이는 기사들의 모습에 왠지 입맛이 쓴 느낌이었지만, 에던은 굳이 연극을 멈추지는 않았다.

'장난질에는 장난질로 응수해야지!'

이 무대를 훔쳐보고 있을 아드레안의 요원들이 어떤

표정을 짓고 있을지, 그리고 지금 이 상황을 전해 받은 각 기사단의 단장들이 어떤 반응을 보일지, 그야말로 기대감에 가슴이 쿵쾅거리며 뜨거워졌다.

"쿨럭…."

실제로 뜨겁게 달아오르는 중이기도 했다. 연기는 뭐니 뭐니해도 '진짜'가 제 맛이기에, 정말로 속을 흔들어 놓은 까닭이었다.

일종의 오러 역류 현상으로써, 어쩌다보니 그라넥이 바라던 효과가 그대로 펼쳐지고 있는 중이기도 했다.

❖ ❖ ❖

당연하다면 당연한 결과라고 여겼다.

"흑운에 드렉시코까지 사용되었으니, 오러 역류는 피할 수 없었겠지."

하지만 거기에 당연하지 말아야 할 부분이 끼어있었다.

"독이라니…."

이는 흑운에 담긴 능력이 아니었다. 오러를 비틀고 일부 오염시키는 현상이 있을 수는 있겠으나, 딱 거기까지였다. 흑운이 독으로써 사용된 적은 그들의 오랜 역사 속에서도 찾아볼 수 없었다.

애초에 그런 능력은 없던 까닭이었다.

"설마… 프릭셀의 문제아가 선을 넘은 것일까?"

충분히 가능한 일이라고 여겼다. 그라넥 프릭셀이 어릴 적부터 저질러온 말썽들을 생각해 본다면, 슬슬 정도를 넘어도 이상하지 않을 시기였다.

'그래도 아주 막나가는 놈은 아니라고 생각했는데. 흠….'

아드레안의 다섯 기둥 중 하나인 이안드라 가문의 주인 '데세비트 이안드라'는 눈살을 찌푸리며 미간을 두드렸다.

골머리가 아파왔다.

'하필, 그 타이밍에 독이라….'

오러 역류가 발생한 건 계산 안이었으나, 그라넥과의 승부가 끝난 이후라는 건 계산 밖이었다.

게다가 그 승부가 일방적인 에던의 승리였다는 점이 문제였다.

지켜보던 요원들이 보고하기를 철저하게 아드레안의 기초 검술들을 꺼내서 사용했다는 것이다.

더욱 환장할 건, 그 모든 검술에 실질적으로 '검'이 사용되지는 않았다는 점이었다. 그저 맨손으로 검술을 따라했을 뿐이고, 이 부분이 더욱 일방적인 분위기를 자아냈다는 것이다.

그리고 이어진 한 번의 칼질!

결정적이었다.

전에 없이 화려한 피날레는 모든 관객의 시선을 잡아끌었고, 마음을 흔들어 놨다. 그 이후에 여운을 제대로 감상

할 틈도 없이 사건은 발생했고, 이 같은 반전이 더욱 극적인 분위기를 조성해 버렸다.

문득, 한 가지 말도 안 되는 생각이 떠올랐다.

'설마… 이 상황을 의도한 건 아니겠지?'

거기까지 생각하던 그가 이내 실소와 함께 고개를 저었다.

'그래. 그건 말도 안 되는 일이지!'

아드레안 내에서도 그에 대해서 아는 이들은 많지 않았다. 젊은 층에서는 그라넥처럼 후계 교육을 받은 이들까지가 정보에 개입할 수 있는 적정선이었고, 그들도 명확한 정체를 아는 건 아닌 한정된 정보만이 개방되어 있을 뿐이었다.

하물며 검가의 일원도 아닌 존재가, 그것도 저 용병계의 일인이 그에 대해 알 수 있을 리가 없다고 여겼다.

물론, 상대가 레드문과 관계가 깊다는 걸 생각해 본다면, 그 편린 정도는 수집했을 수도 있었다.

하지만 그렇다고 해서 흑운의 마수에서 벗어날 수 있을 거란 생각은 들지 않았다.

실제, 과거의 역사가 이를 증명했다.

'초월자들도 감당하지 못한 게 흑운이다!'

거기에는 상황에 맞물리는 실력자들이 준비되었던 것도 있지만, 어찌 되었건 분명한 건 흑운을 통해 별빛의 찬란함을 거뒀다는 점이었다.

단번에 이 같은 문제점을 해결하는 방법이 없는 건 아니었다. 하지만 이는 그들 아드레안 가문의 특별한 연공법을 익혀야만 가능한 일이었다.

게다가 익힌다고 해서 해결되는 것도 아니었다. 정해진 방식대로 연공의 흐름을 비틀 줄 알아야 했기에, 나름 꾸준한 고련이 필요한 공부이기도 했다.

계획을 꾸몄던 그라넥도 사용법을 아는 것이지, 그 자세한 내부 사정이나 해결법까지 파악하고 있는 건 아니었다.

그런 이유로 가문의 일원도 아닌 에딘이 그 같은 방법을 사용한다는 건, 그야말로 말도 안 되는 부분이었다.

'하지만….'

이상하게도 느낌이 좋질 않았다. 마치 당한 것 같은 기분이 드는 건 어찌 설명해야 한단 말인가.

"후우… 모르겠군."

아마도 이 문제를 가지고 다른 가문의 주인, 5대 기사단의 단장들 역시도 고민에 빠져있을 거라 여겼다.

거기까지 생각하던 데세비트가 짧게 실소를 흘렸다. 이번 사건으로 인해 가장 골머리를 썩고 있을 존재가 떠오른 까닭이었다.

'바드란 프릭셀!'

이번 사건의 중심에 서 있는 그라넥의 부친이자, 프릭셀 기사단의 단장으로써, 무려 아드레안의 다섯 기둥 중 하나를 대표하는 존재이기도 했다.

'오랜만에 성질깨나 부리고 있겠군.'

같은 세대를 살아가는 만큼, 안 봐도 훤한 풍경이 그의 머릿속에 그려지고 있었다.

❖ ✛ ❖

콰아아앙!

마치 천둥이 치는 것 마냥, 거대한 굉음이 울려 퍼지고 연무장의 벽 한편이 무너져 내렸다.

'으음…'

지켜보던 프릭셀의 단원들이 저도 모르게 몸서리를 쳤다. 벌써 2시간 가까이 이어지고 있는 그들 단장의 '몸풀기'로 인해, 연무장이 철저히 분쇄되고 있던 까닭이었다.

말리고 싶었지만, 누구하나 쉬이 나서는 이는 없었다. 지금 같은 상황에 섣불리 말을 건넸다가는 역풍을 맞을 확률이 높은 까닭이었다.

자칫 '대련'이란 명목의 '분풀이'가 쏟아질 수 있는 것이다.

그들은 과거의 경험을 통해, 이 순간은 그저 조용히 침묵하며 지나가기를 기다리는 게 답이라는 걸, 경험으로 깨우쳐 알고 있었다.

실수로 시선이라도 마주치는 것도 조심해야 했다. 괜한 트집을 잡혀서 대련이 시작될 수 있기 때문이었다.

최대한 고개를 숙인 채, 시선은 바닥에 붙여놓는 게 좋았다.

아드레안의 기사가 너무 패기가 없는 것 아니냐고 비난할 수도 있겠으나, 그들은 단호히 외칠 수 있었다.

[패기하고 객기는 한 끗 차이다!]

특히, 검인지 몽둥이인지 모를 저 무식한 대검을 보고 있노라면, 패기의 '패' 자도 꺼내들 엄두가 나질 않았다.

한 두어 달 몸져눕고 싶은 생각이라면, 언제든 도전장을 내밀어도 될 터였다.

"훅… 후우… 후….."

거친 숨을 몰아쉬며 그 무식한 크기의 대검을 내려놓는 바드란의 모습에, 기사들은 드디어 이 숨 막히는 시간이 막바지에 이르렀음을 깨달았다.

물론, 끝날 때까지는 끝난 게 아니라는 어딘가의 격언처럼, 이곳을 나서기 전까지는 긴장의 끈을 놓아서는 안 됐다. 어느 누구도 바닥에 둔 시선을 함부로 올리는 실수를 범하지는 않았다.

한참 숨을 몰아쉬며 가슴 속 열기의 잔재들을 게워내던 바드란이 그 뜨거운 공기와 상반되는 차가운 음성으로 입을 열었다.

"지금… 그라넥은 지금 뭘 하고 있지?"

비에란과 마찬가지로 프릭셀 기사단의 또 다른 부단장이자, 바드란과 사촌관계에 있는 '베린트 프릭셀'이 한 걸음

앞으로 나서며 대답했다.

"치료실에서 대기 중입니다."

"설마, 아직도 치료 중인 건 아니겠지?"

"외상은… 별 것 없어서, 금세 마무리를 지었지만… 아무래도 그게, 충격이 제법 컸던 모양인지라…."

말끝을 흐렸지만, 대충 뒷내용은 짐작할 수 있었다. 정신적인 타격으로 인해서 여태껏 치료실에 머물고 있다는 것이었다.

"나약한 놈. 으득!"

바드란의 눈가에 서늘한 안광이 스쳐갔다.

어릴 적부터 그랬다.

프릭셀의 정통한 혈족들 중 한명으로써, 그 영광된 일족의 핏줄을 타고났음에도 아이는 부족함이 넘쳤다.

아드레안 검가의 일원이며, 후계권까지 지닌 위치였으나, 그 스스로의 재능이 거기에 미치질 못했고, 결국 가문에서도 반쯤 내놓다시피 할 수밖에 없었다.

하지만 다행스럽게도 스스로 머리가 비상함을 알리며, 어설프게나마 가문의 후계로써 한 발 비빌 수 있는 기반은 마련했지만, 중심에 설 수 없음은 서로가 잘 알고 있었다.

때문에 다음 후계의 버팀목 중 하나로써 키울 생각이었다. 비록 검가라고는 하나 머리를 쓰는 이들도 적잖이 필요한 까닭이었다.

이 부분에서 그라넥의 성격이 또 한 번 말썽을 일으켰다.

사춘기를 온몸으로 받아들이기라도 한 듯, 제대로 삐뚤어진 아들은 여러모로 골칫거리가 되어버린 것이다.

비록 어중간한 위치였으나 어쨌든 후계권에 한 발 비빌 수 있는 위치라는 걸 깨닫자, 그 같은 비틀림은 더욱 두드러지게 드러났다.

골치도 이런 골치가 없었지만, 차마 내칠 수는 없었다.

"후우…."

바드란은 다시금 열기가 올라오는 걸 느꼈다. 일찌감치 떠나버린 그라넥의 모친을 떠올린 까닭이었다.

'스텔라….'

아마, 어쩌면, 거의 확신에 가까울 만큼, 그가 진정으로 마음을 줬던 여인일 거라 여겼다.

어떤 이득도 생각지 않은 채, 오히려 손해를 감수하며 받아들였던 여인이라는 점에서, 분명 그럴 확률이 높을 터였다.

스스로도 단언하기 어려운 건, 그 역시 지금의 자리에 오르기까지 적잖게 비틀린 생활을 해 왔던 까닭이리라.

워낙에 나약한 병치레가 잦았던 까닭에, 가문에서도 여러모로 말이 많았던 여인이었다. 그라넥의 부족한 재능도 모친의 영향이라는 소리까지 들려왔을 정도니, 더 말해 무엇하랴.

여러모로 그에게는 득보다 실이 많았던 여인이지만, 그럼에도 불구하고 받아들였다.

'아니… 끌어들였지.'

뒤늦은 후회라고 해야 할까?

앞서와는 다른 의미로 뜨거운 열기가 가슴 한편을 채우고 또 두드렸다.

"으득…"

바닥으로 내려갔던 대검이 다시금 하늘 높이 솟구쳐 올랐다.

끝났다 싶어 안심하던 기사들이 화들짝 놀라며 어깨를 움츠렸다. 다시금 연무장 해체작업이 시작되었고, 결국 그날 하루 만에 프릭셀 기사단은 하나의 연무장을 제대로 갈아엎어야만 했다.

❖ ✛ ❖

마치, 꿈을 꾸는 것 같은 기분이었다.

'달려들고… 퍼억… 뛰어들어서… 퍼억….'

지난 격전의 순간이 마치 잔상마냥 눈앞을 아른거렸다. 얼핏 환상처럼 여겨지는 그 시간을 되새기고 있노라면, 한 편의 꿈이라고 해도 이상하지 않을 듯싶었다.

그라넥은 치료실의 침상에 걸터앉아, 몽롱한 눈빛으로 쉴 새 없이 잔상과 환상의 경계를 꿈꾸듯 헤엄쳐갔다.

계획의 결과나 그로 인해 발생한 사건의 여파 같은 건, 지금 그에게는 중요하지 않았다. 오로지 에던과 나눴던 그

마법과도 같은 시간을 되새기고 또 각인하는 것만이 그에게는 지상과제처럼 여겨졌다.

이는 어쩔 수 없는 일이었다.

그야말로 그가 꿈꾸던 이상적인 형태의 검술을 마주해버린 까닭이었다. 전율과 감동 끝에 마주해버린 각성이었다.

주륵…

한 줄기 뜨거운 눈물이 흘러내렸다.

"버렸다고 생각했는데…."

가슴 속 깊은 곳에 숨어있던 바람이 다시금 올라오는 걸 느꼈다.

[기사!]

그 역시도 아드레안의 일원이었다. 그도 정통한 기사의 핏줄을 타고난 프릭셀의 후예인 것이다.

지우고 또 버리고 잊어버린 듯 행동하고 있었지만, 그 역시 온전한 기사로써 바로서는 걸 바라고 또 기원해왔다.

하지만 스스로의 부족한 재능을 알기에, 포기할 수밖에 없었다.

그런 까닭에 에던과의 만남은 특별했다.

'에던 운트….'

얼마나 그렇게 침상에 걸터앉아 있었을까. 문득, 결심을 굳힌 듯, 그라넥이 자리를 박차고 일어나더니 치료실을 나섰다.

그리고,

"당신이야 말로 제 이상…형입니다!"

에던을 향해 뜻밖의 고백을 던지고야 말았다.

"뭐야, 이 미친놈은?"

다급한 마음에 내용 중 일부가 씹혀버리면서, 그라넥은 이날 새로운 소문을 아드레안에 낳으며, 진정한 의미에서 골칫거리로 떠올라야만 했다.

6. 버서커.

6. 버서커.

어느새 머리위로 올라서버린 여름이라는 계절 탓일까?
에던은 유난스러울 정도로 주변 시선이 뜨겁다는 걸 느꼈
다.

'빌어먹을!'

그 실질적인 이유를 잘 아는 까닭에 더더욱 환장할 노릇
이었다.

'그라넥 프릭셀!'

마치 뭐 마려운 강아지 같은 표정으로 등 뒤를 쫄쫄쫄 쫓
아오는 아드레안의 문제아가 말썽이었다.

'아오… 이걸 쥐 팰 수도 없고.'

오러 역류를 치료한다는 명목으로 아드레안의 내부에

발을 들인 상황인 만큼, 더더욱 그 같은 자극적인 행동들은 자제해야만 했다.

그라넥이 꾸미고 그가 완성시킨 장난질로 인해, 미묘한 공기가 아드레안을 맴돌며, 은은한 긴장감이 사방을 에워 쌓고 있는 상황이었다.

그의 행동 하나하나가 주목받고 있는 시기인 만큼, 섣부른 주먹질 한방에 수백, 수천의 칼질이 날아들 수도 있었다.

물론, 그렇다고 해서 좋은 말 고운 말로 타이르며 돌려보내는 건, 아무래도 그의 성격과 맞지 않다고 여겼다.

'뭐, 예쁜 구석이 있다고.'

더욱이 상대가 그를 노리고 장난질을 부렸던 걸 떠올린다면, 욕설을 퍼붓지 않는 것만으로도 감사해야 할 것이다.

아드레안 기사들의 시선을 생각하며, 결국 그가 내린 결론은 철저한 무시였으나, 너무 노골적으로 뒤를 쫓아다니는 그라넥의 모습에, 그처럼 대응하기도 쉽지가 않았다.

'게다가… 왜 자꾸 뒤를 쫓아오는 거야.'

왠지 등짝을 보이면 안 될 것 같다고나 할까? 괜스레 의식하고 있노라면, 지난 악몽의 시간이 새삼 떠오르게 만들었다.

[당신이야 말로 제 이상…형입니다!]

상상만으로도 소름이 돋고 구역질이 나올 것 같았다. 물론, 그 뜻밖의 고백에 일부 내용이 씹혔다는 걸 뒤늦게 전해 듣고, 적잖은 오해가 섞였음을 알았다지만, 그래도 이미 상황은 꼬일 대로 꼬인 이후였다.

[당신의 검은… 제가 바라던 이상적인 형태의 검입니다!]

오해를 풀고자 재차 그 같은 고백이 이어졌지만, 이미 소문은 퍼져 있었고, 아드레안의 문제아는 제대로 꼴통·낙인이 찍힌 상황이었으며, 원치 않게도 에던 역시도 거기에 같이 엮여 들어버린 상태였다.

골치 아픈 건, 그라넥이 정말로 순수한 의도로써 그를 바라보며 쫓아다니는 중이라는 점이었다.

'미치겠네….'

드레이안에서 봤던 그 모습들은 전부 착각이었나 싶을 정도로 단 며칠 사이에 아예 사람 자체가 변해 있었다.

애초에 그 인상 자체는 선하게 생겼던 까닭에, 눈빛마저 바뀌어 버리니, 전혀 다른 사람처럼 여겨지기도 할 정도였다.

저 같이 쫓아다니는 이유가 또 황당했다.

[배우고 싶습니다!]

대뜸 남의 밥줄을 내놓으라 하고 있는 것이다.

순수하다고 해야 할지, 멍청하다고 해야 할지, 그도 아니면 오히려 약삭빠르다고 해야 할지, 영 판단이 서질 않았다.

특히, 알게 모르게 적대적인 구도를 형성하고 있는 아드레안 검가의 일원이지 않던가. 게다가 후계권이라는 특별한 지위까지 지닌 존재였다.

당연히 가르쳐 줄 이유가 없는 것이다.

나름 장난질을 계획하고 이리저리 머리를 굴리던 모습을 봤고, 루드말을 통해 일말의 정보도 얻은 까닭에, 그라넥이 이러한 사실들을 충분히 알고 있을 거라 여겼다.

그럼에도 불구하고 이처럼 나온다는 건, 누가 뭐래도 '약삭빠른' 대처일 것이다.

하지만 저 갈망하는 눈동자를 보고 있노라면, 순수성으로 마음이 기우는 건 어쩔 수가 없었다.

아마도 그 같은 생각이 더더욱 손을 쓰기 어렵게 하는 것일지도 몰랐다.

맘 같아서는 당장 이곳을 박차며 나가버리고 싶었지만, 상황이 그러기도 어려웠다.

실제로 그는 현재 오러 역류로 인해 내부가 망가진 상태였기 때문이었다. 물론, 언제든지 회복은 할 수 있었다.

마신의 축복으로 인해, 그의 육신 자체가 이 정도는 얼마든 치료할 수 있을 정도로 변화한 까닭이었다. 남다른 회복력이 그의 최대 장점이 아니던가.

허나 계획한 그림을 보기 위해서라도 아직까지는 좀 더 환자 역할에 몰두할 필요성이 있었다.

때문에 신관들의 성력에 의도적으로 반발을 일으키며 회복력을 낮췄고, 현재 발생하고 있는 오러 역류 현상을 보이는 것 이상으로 심각하게 꾸며내기까지 했다.

'뭐… 실제로 좀 심각하기도 하지만….'

남다른 회복력으로 인해 지속적으로 내부를 비트는 중이니 만큼, 실제 그의 안색은 제법 창백한 상태였다.

'연기는 생동감이 넘쳐야지!'

그 나름의 철학이었다.

어쨌든 그 같은 이유로 아직은 좀 더 아드레안 내부의 치료실에 한 자리를 맡아놔야 했기에, 결국 그라넥의 저 뜨거운 눈빛과 주변의 떨떠름한 시선들을 감수할 수밖에 없었다.

그렇지만 참는 것도 하루 이틀이었다.

무려 일주일의 시간이 흐르도록 변함없는 자세와 태도 그리고 모습으로 그를 바라보고 쫓으며 뒤따르는 그라넥의 행보에, 결국 참다못한 에던이 그라넥과 따로 자리를 잡기에 이르렀다.

"대체 이유가 뭐냐? 뭐하자는 건데?"

설마, 이런 말도 안 되는 방식으로 피를 말릴 작정이라면, 기발하다며 한 번쯤 박수를 쳐줄 용의는 있었다.

"가르침을 내려 주십시오!"

하지만 그라넥의 대답은 앞전과 다를 게 없었다.

"아오… 미치겠네!"

사람이 없는 곳에 따로 자리를 잡은 만큼, 이 기회에 멱살잡이 좀 해도 되지 않을까? 이런 강렬한 유혹이 등허리를 타고 두개골까지 다다랐지만, 애써 호흡을 고르며 가까스로 이를 찾아낼 수 있었다.

"넌… 그게 말이 된다고 생각 하냐?"

"안 됩니다."

주저 없이 나오는 대답 치고는 내용이 의외였다. 때문에 오히려 당황해버린 에던이었으나, 금세 평정을 되찾으며 재차 입을 열었다.

"그걸 아는 놈이 그래?"

"예!"

이번에도 대답은 한 점 망설임이 없었다. 도리어 에던이 잘못을 하고 있는 것 같은 기이한 느낌마저 들게 만들었다.

"보통… 대답을 반대로 해야 하는 거 아니냐?"

때문에 저도 모르게 이처럼 묻고야 말았다.

"배움을 청하기로 각오를 굳혔을 때, 더는 거짓을 입에 담지 않기로 결심했습니다."

"하…."

결국 헛웃음을 터트린 에던이 한 발 물러나야만 했다. 잠시 한숨을 쉬며 생각을 정리하던 그가 다시금 물었다.

"왜 하필 나냐? 아드레안 검가라면 누구나 인정하는 최고의 명가잖아. 그런데 왜 하필 내게 배우겠다는 거냐고?"

이 부분에서 처음으로 그라넥의 대답이 막혔다. 쉬이 답하기가 어려운 듯, 갈등하는 모습을 보이고 있었고, 점차 그 시간이 길어졌지만, 에던은 차분히 그 시간을 기다려줬다.

그의 이 같은 태도에 힘을 얻었음일까?

"이곳에는…."

힘겹게 그라넥의 입이 열렸다.

"…제가 배울 수 있는 검술이 없습니다."

뜬금없는 이야기에 에던의 눈이 얇게 변했다. 검의 명가인 아드레안에 배울 수 있는 게 없다는 건, 도통 이해가 되질 않는 이야기였던 까닭이었다.

"모든 기사들의 이상향. 대륙 제일의 검가. 이런저런 미사여구로 멋들어지게 포장되어 있지만, 이곳은 결국 강자만이 살아남는 절대적 약육강식의 공간입니다."

거기에는 나약한 존재를 위한 검은 없었다. 그리고 안타깝게도 그라넥은 이들의 기준으로 봤을 때, 절대적인 '나약함'을 타고난 선천적인 '약골'이었다.

"아실지 모르겠지만… 세상에는 오러홀의 크기가 유난히 작은 사람들이 존재합니다."

"으음…."

에던이 짧게 신음성을 내뱉었다. 그 역시 잘 아는 까닭이었다.

저 같은 이들의 경우, 오히려 용병계에서 더욱 찾아보기가 쉬웠다. 특히, 가장 밑바닥을 살아가는 이들을 살펴보면, 적잖이 그런 이들을 볼 수 있었다.

마나의 축복을 받은 마법사들이 그 재능여부에 따라, 더 높은 곳으로 올라갈 수 있는지 없는지가 결정되듯, 그들 오러의 영역에서도 선천적인 재능의 영역이 존재하고는 했다.

검을 이해하는 머리나 남다른 신체 능력 그리고 거기에 더해 결정적으로 오러를 받아들이는 재능을 손에 꼽을 수 있었다.

특히, 오러와 관련된 부분이 가장 중요했는데, 오러홀의 크기는 그 사람의 '그릇' 으로 비유되기도 했고, 대개 그 크기에 따라 오르는 느끼는 감각이나 오러를 운용하는 능력의 수준차가 갈리는 까닭이었다.

사람의 내부에는 오러가 흐르는 '길' 이 존재하는데, 대개 오러홀이 큰 이들은 그 크기에 걸맞게, 길 역시도 커다란 대로처럼 넓었고, 거기에 더해 탄탄하며 또 단단했다.

하지만 그와 반대로 오러홀의 크기가 작은 이들의 경우에는 이 길의 규모도 작은 소로마냥 작고 협소했으며, 때로는 나약하여 오러가 흐르는 것만으로도 스스로를 다치게 하는 이들도 있을 정도였다.

그라넥도 바로 이 같은 경우였다.

"이곳 아드레안에는 '강자' 를 위한 검술과 연공법은 존재하지만, 저 같은 '약자' 를 위한 공부는 허락되지 않습니다."

오랜 세월 대대로 강자로써 군림해온 그들 나름의 철학이며 법칙이었다.

"흐음… 그런 것치고는 수준이 너무 뛰어난 거 아니야?"

에던이 의심스런 눈초리로 그라넥을 바라봤다. 그도 그렇게 오러에 대한 재능이 없다는 고백과 달리, 그 수준은 이곳 아드레안의 정식 기사로써 부족함이 없던 까닭이었다.

어지간한 검가의 선임기사 수준이었고, 그 나이또래와 비교한다면 충분히 한 걸음 이상 앞서나가는 위치이기도 했다.

이 부분에서 그라넥이 또 한 차례 고민을 이어나갔다. 에던은 굳이 재촉하지 않으면 이번에도 느긋이 기다렸고, 앞서와 달리 생각보다 빠르게 그라넥의 대답이 이어질 수 있었다.

"금기를 범했기 때문입니다."

만약, 그가 일반적인 아드레안의 혈족이었다면 이런 기회도 얻지 못했을 것이다. 하지만 그는 프릭셀의 정통성을 지닌 후계 중 한명이었다.

때문에 그릇된 선택권을 부여받았다.

"일종의… 신체개조라고 보시면 됩니다."

과거, 아드레안의 초창기 무렵, 그들은 오랜 고대에 존재했던 전설의 한 편린을 연구했던 적이 있는데, 그 자료가 부족했음에 결국 실패로 끝나버렸고 연구는 폐기될 수밖에 없었다.

"고대의 전설이라는 게 뭐지?"

짧은 의문에 그라넥은 한 차례 마른침을 삼키다 입을 열었다.

"버서커입니다."

간혹 이야기에 등장하는 존재로써, 대개 초월자나 다름없는 존재로써 여겨지고는 했다.

이야기 속에서 그들 버서커는 광전사라 불렸는데, 그 위치는 항시 빛이 아닌 어둠이며, 선보다 악에 가까웠다.

아무래도 '미쳐' 버린 전사이기에, 더욱 그런 경향이 강했는데, 아드레안은 이 광적인 부분을 제거하면서도 그와 비슷한 효과를 낼 수 있는 신체적인 향상을 바라며 연구에 집중했었다.

그리고 결과는 앞서 이야기했듯 실패였고, 내용은 폐기되었다.

"트로간… 가문에서 지워졌다고 알려졌던 자료를 지니고 있더군요."

뿐만 아니라 그들 자체적으로 은밀히 연구를 거듭해왔다고도 했다. 그라넥의 부친은 어쩌면 현 가주를 비롯한 3대에 걸친 트로간의 독주에 이 같은 연구결과가 섞여있는 걸지도 모른다고 여겼다.

때문에 은밀한 거래 끝에 그라넥을 그들에게 보냈다.

"저를 위한 것이기도 하겠지만… 이를 통해서 조금이라도 트로간의 독주를 파헤치고 하신 것이겠지요."

각 가문은 지속적으로 서로의 공부를 나누며 발전을 꾀

해왔지만, 트로간의 독주는 그런 공개적인 부분에 존재하지 않는다는 생각으로 아들을 직접 호굴로 밀어 넣은 것이다.

하지만 안타깝게도 그라넥도 명확히 알아낸 건 없었다.

"오러홀도… 사실 크게 변한 건 없습니다."

단지, 그 내용물이 그릇이 넘칠 정도로 꽉 차 있기는 했다. 뿐만 아니라 '오러의 길' 역시도 조금은 단단해져, 이를 감당할 수 있게 되었지만, 딱 거기까지였다.

"아마도 여기까지가 제 한계일거라고 생각합니다."

스스로의 육신이기에 더욱 잘 알고 있었다. 부친 역시도 수차례 확인을 거듭한 끝에, 그와 비슷한 결론을 내려줬었다.

때문에 에던의 검을 바라게 된 것이다.

오랜 어린 시절부터, 육신의 한계를 벗어나고자 발버둥치며 꿈꾸고 바래왔던 이상적인 검의 형태를 에던에게서 본 까닭이었다.

그저 상상만 했던 까닭에, 한줌 잔상과도 같고 뜬구름을 잡는 것과도 다를 게 없었던 무언가가 온전한 모습으로 눈앞에 나타났다.

"배우고 싶습니다!"

가르침을 청하는 건 당연한 수순이었다. 상대와 어떤 관계인지는 중요하지 않았다.

그저, 지금 이 순간을 놓치면, 다시는 이상에 닿을 수 없을 거란 막연한 불안감이 등을 떠밀고 발길을 재촉했다.

기사왕과 용병왕의 적대?

재차 언급하지만 전혀 중요하지 않았다.

"제게는 당신밖에 없습니다!"

결국 에던의 주먹이 나와 버렸다.

빠악!

이상형 발언 이후로 저처럼 조금이라도 내용이 이상해지면 속이 뒤틀리는 기분이랄까?

"자꾸 말 이상하게 할래?"

에던의 묵직한 한방에 정수리를 찍힌 그라넥이 일순 휘청거렸지만, 그럼에도 불구하고 기분 좋은 미소를 지어보였다.

뭐가 어찌 되었건, 일주일 만에 제대로 된 대화를 나눴고 거기에 더해, 나름 정상적인 반응까지 얻어낼 수 있었다.

생각보다 상황이 긍정적이라고 여겼다.

"좋아! 그렇게 배우고 싶다는데, 한 번 얻어가 봐."

아니나 다를까. 놀랍도록 긍정적인 대답이 튀어나왔다. 눈을 번쩍 뜨는 그라넥의 얼굴 가득 환희의 빛이 맴돌기 시작했다.

하지만 에던의 말은 거기서 끝이 아니었다.

"일단, 이곳 아드레안의 것이 아닌 초급검술 백가지."

"…예?"

순간, 그 의미를 파악하지 못한 나머지 반문을 던져버렸다. 에던의 주먹이 다시 한 번 그의 정수리를 찍었고, 불친절한 설명이 던져졌다.

"백가지 종류의 초급 검술을 배워와."

잠시 생각할 시간이 필요했다. 그만한 실력자에게 다시금 초급 검술을 익히라 하고 있었다. 그 수도 무려 백여 종류나 됐다.

'…나를 떨쳐내기 위함일까?'

아니면,

진정 제대로 가르치기 위한 시험일까?

고민 그리고 갈등 이어진 결단!

"알겠습니다!"

뭐가 됐건 중요한 건 에던과의 연결고리가 제대로 이어졌다는 점이었다. 떨쳐내기 위한 농간일지라도 이 연결고리를 결코 놓치고 싶지 않았다.

'성공하고야 말겠다!'

이 부분에서 에던은 두 번째 과제를 던져줬다.

"일주일! 그 안에 백가지를 전부 익혀야 할 거야."

일순 그라넥의 표정에 그늘이 내렸다. 아무리 기본 검술이라고 할지언정, 그 숫자가 무려 백가지 종류나 됐다.

그만한 숫자라면 대충 익힌다고 해도 짧은 기간으로 인해 머릿속에서 동작이 섞이며 검술이 꼬여버릴 수가 있었다.

여기서 에던의 세 번째 과제가 그를 최악으로 밀어 넣었다.

"후회하기 싫다면, 대충 하는 일은 없어야 할 걸."

결국 그라넥의 얼굴은 한순간에 떫게 변해버렸다. 하지만 그렇다고 해서 포기하지는 않았다. 표정과 달리 오히려 눈빛은 더욱 강렬히 불타고 있음에, 지켜보던 에던이 도리어 깜짝 놀랄 정도였다.

'정말… 진심으로 해 볼 생각인가!'

일주일간의 고통 속에서 이미 상대의 진정성을 제법 전해 받았으나, 이 과제는 결코 쉬운 게 아니었다.

특히, 상대의 위치를 생각한다면 더더욱 어려울 거라 여겼다.

[아드레안의 후계자!]

그 같은 존재가 뒤늦게, 다 성장한 시기에 기본 검술에 매진한다? 누가 봐도 우스갯소리나 다를 바 없었고, 당연하게도 그만큼 부정적인 시선들이 쏟아질 수밖에 없을 터였다.

'머리가 좋은 놈이라고 들었는데….'

그 같은 사실을 알고 있을 것이건만, 물러날 생각이 없어 보이니 놀랄 수밖에 없는 것이다.

'어디… 한 번, 얼마나 하는지 지켜보마.'

저 눈빛이 과연 언제까지 불타오를지, 그 의지가 얼마나 강렬한지, 이번 시험을 통해 알아볼 생각이었다.

이후,

과제는 생각 이상으로 잔혹하게 그라넥을 시험하기에 이른다.

❖ ❖ ❖

아드레안에는 수많은 검술들이 존재한다. 그들의 오랜 역사만큼 다양한 공부가 쌓여온 것이다. 그중에는 외부의 것들도 상당했는데, 특이한 건 그 속에는 기본이나 기초 혹은 초급이라 불리는 것들이 극히 제한되어 있다는 부분이었다.

[이곳 아드레안에는 '강자'를 위한 검술과 연공법은 존재하지만, 저 같은 '약자'를 위한 공부는 허락되지 않습니다.]

그라넥이 에던에게 이야기했던 것처럼, 외부의 검술 중 그들이 받아들이고 자리를 허락한 건, 말 그대로 '강자'를 위한 검술뿐이었다.

당연하게도 그 수준이 결코 기본이나 기초 혹은 초급이라 불릴만한 것들이 아니었다.

간혹, 몇몇 기초 검술서가 보이기는 하나, 이 경우에는 대개 급수는 낮을지언정, 역사적으로 이를 통해서 스스로를 증명하며, 나름 기적을 일으켰던 그런 특별한 검술서들의 경우에만 한정되게 허락된 것이었다.

대부분의 초급 검술들은 이미 분석 및 해체되어, 그들 아드레안의 기초 과정에 대부분 흡수된 까닭에, 굳이 따로 외부의 것을 들여놓을 필요가 없는 것이다.

과제를 낸 에던이나 거기에 응한 그라넥이나, 누구 하나 생각지도 못한 복병이 뜻밖의 상황 속에 숨어있었다.

"하… 설마, 부족할 줄이야."

아드레안의 그 오랜 역사와 방대한 수집량을 헤아리고도 찾아낸 것이라고는 겨우 절반가량 밖에 되질 않았다.

그라넥은 헛웃음을 터트리며 고개를 절레절레 저었다.

물론 비슷한 것들이라면 제법 있었지만, 대부분이 아드레안의 방식으로 고쳐진 까닭에, 아드레안의 일부가 된 것이나 다를 게 없었다.

절반이나 부족하다는 사실에, 이런 비슷한 것들로 채울까도 싶었지만, 에던이 원하는 건 그게 아니라는 생각에, 이번 만큼은 정직하고자 그는 아드레안을 나섰다.

'이번만큼은….'

그리고 닿은 장소가 의외였다.

[드레이안!]

이곳 아드레안에 미련이 남아, 외곽을 맴돌면서 떠나지 못하는 기사들의 최종 종착지에 발길을 한 것이다.

당연하게도 그 이유는 하나뿐이었다.

[초급 검술!]

저들에게 부족한 절반을 배우기 위함이었다.

"허… 드디어 미쳤군!"

"어찌, 아드레안의 기사라는 사람이."

"가관이구나. 아주 가관이야!"

아드레안 기사들의 반응은 그야말로 최악이었다. 에던이 최초에 생각했던 것 이상의 시련이 그라넥의 어깨를 짓누르는 것이다.

그도 그럴 것이 아드레안의 후계자라는 위치에 있는 존재가, 정식 기사도 아닌 자유기사들이 그득한 드레이안의 기사들에게 배움을 청하는 건, 그야말로 실망감을 극한까지 끌어올리기에 충분했다.

동시에 배신감을 느끼는 이들도 있었다.

굳이 아드레안의 공부가 아닌 외부의 것을 찾아다니며 배움을 청하는 부분에서, 자부심이 강한 몇몇 기사들은 그라넥을 향해 싸늘한 눈초리를 보내기도 했다.

더 이상 그들의 후계자로 보는 시선이 아니었다.

게다가 더욱 상황을 어지럽히는 건, 드레이안 기사들의 반응이었다.

"으음! 저도 아는 게 몇 종류가 없어서… 죄송합니다."

"초급 검술은 워낙 오래전에 배워서, 잊어버린 터라…."

아드레안이 그들과 거리를 두고 있다고는 하나, 드레이안 역시 이곳 레아–발람에 속한 일부분이었다.

당연히 아드레안의 소식이나 소문도 제법 흘러들어가고는

하는데, 거기에는 그라넥에 대한 이야기도 적잖이 섞여있었
다.

[아드레안의 문제아!]

검가 자체적으로 대외적인 소문은 통제하고 있으나, 아
무래도 이곳 드레이안 내부의 이야기마저 제어하기는 어려
울 수밖에 없었다.

그런 이유로 애초부터 그를 향한 인식은 그리 좋은 편이
아니었다. 헌데, 이번 사건을 통해서 그를 향한 적대감마저
형성되어버린 것이다.

그들의 가슴을 두드리고 영혼을 흔들던 에던의 별빛으로
인해, 이미 드레이안의 기사들은 에던의 존재를 루드말과
다를 것 없이 인정하고 있는 상황이었다.

당연하게도 그를 향해 무례를 끼친 그라넥이 좋게 보일
리가 없었다.

"용병왕께서 피를 흘린 것도, 아드레안의 문제아가 벌인
일이라는 이야기가 있더라."

"식사에 독을 탔다는 것 같던데, 정말일까?"

이런 식으로 은연중에 그라넥을 향한 최악의 분위기가
조성되고 있는 것이다.

때문에 그 흔한 초급 검술을 배우는 게 쉽지가 않을 수밖
에 없었다.

평균적으로 한 명의 기사가 3~5개 정도의 초급 검술을
익히고 많게는 7~10개까지 손을 댄다는 걸 생각해 봤을 때,

그라넥은 단 하루만에도 모든 문제를 해결해도 이상할 게 없었다.

물론, 제대로 배운다는 가정을 한다면, 그 정도 시간만으로는 부족하겠지만, 어쨌든 그 형이나 틀을 지식으로써 받아들이는 건, 그의 남다른 머리라면 하루만에도 가능할 수 있는 것이다.

하지만 드레이안에 발을 들이고 사흘이 지난 시점에서, 그가 제대로 배울 수 있었던 건, 겨우 12종류 밖에 되지 않았다.

벌써 절반에 가까운 시간을 보냈다. 하지만 목표는 아직 한참이었다.

"하… 갈 길이 머네."

생각지도 못했던 복병과 뜻밖의 분위기로 인해, 그는 이번 시험이 진정 인생단위의 시련일지도 모른다는 생각마저 품어야만 했다.

❖ ❖ ❖

기사들의 성지라고 불리는 만큼, 레아-발람에는 수많은 치료실이 존재했고, 심장부라 할 수 있는 아드레안 검가 내부에는 그 중에서도 가장 특별하고, 또 뛰어난 치료사들이 자리를 하고 있었다.

에던이 머무는 곳도 그런 장소였다.

뿐만 아니라 치료사와 신관이 함께 치료를 돕는 까닭에, 그 효과는 그야말로 곱절 수준으로 올라가고는 했다.

하지만 그럼에도 불구하고 에던의 회복은 더뎠고, 그 차도 역시도 큰 변화가 없었다.

"이 정도 기다렸으면 더 이상 볼 것도 없겠지."

에던의 부상이 거짓이 아니며, 그 정도가 생각 이상으로 심각하다는 결론을 내리기에 충분한 상황인 것이다.

트로간 기사단의 부단장인 세인은 더 이상 기다릴 필요가 없이, 나름의 판을 벌여도 괜찮겠다는 결론을 내렸다.

"그 골칫거리가 문제를 일으켜서 어쩌나 싶었지만… 뭐, 어쨌든 오러 역류는 제대로 끌어냈으니, 절반의 실패 정도로 여기면 되겠군."

드레이안의 기사들이 아드레안에 의심의 눈초리를 보낸다는 점에서, 어쩌면 절반 이상을 실패로 쳐도 될 것이나, 무려 용병왕을 치료실에 눕혔다는 점에서, 손실 부분은 충분히 채우고도 남았다.

"기왕이면 닦아버릴 수 있을 때, 닦아내야겠지."

가주인 사이람에게 연락이 닿지 않는 상황인 만큼, 그의 일을 대신하는 것 역시 그의 역할이라고 여겼다.

"나중에 형님께 한 소리 들을 수도 있겠지만…."

그보다는 용병왕의 처리가 우선이란 결론을 내렸다.

"정보 조작이야. 차후에 마무리를 지으면 될 일이니까."

번번이 레드문에 뒤통수를 맞아왔다지만, 그래도 암전은

여전히 대륙 이면을 조정하는 거대세력의 하나였다.

특히, 그 중심에 용병왕이 끼어있었다는 걸 생각해본다면, 이 일을 계기로 레드문에 당해왔던 수모도 함께 갚아줄 수 있을 거라 여겼다.

"뭐, 암전이나 칠성좌가 크게 중요한 건 아니지만…."

그에게는 언제나 '트로간'의 존재만이 중요할 뿐이었다. 단지, 암전에 균열이 일고 칠성좌가 흔들릴 때, 그들 트로간 역시도 적잖은 타격을 받는 까닭에, 억지로라도 판을 벌릴 수밖에 없었다.

'그가… 나서게 해서는 안 되니까.'

왕의 무덤에 존재하는 절대적인 존재!

[유령왕!]

한 차례 몸서리를 치던 세인이 새로운 무대를 위해 배역을 선정하기 시작했다.

사실, 고민할 것도 없었다.

"버서커라면… 충분하겠지."

그들이 지닌 최강의 패라면, 상처 입은 호랑이 정도는 충분히, 여유 있게 잡아낼 수 있을 거라 여겼다.

❖ ✧ ❖

기다리던 상황이 왔음을 깨닫는 건 그리 어렵지 않았다.

"조용하네."

한 밤중인 까닭도 있지만, 그렇다고 하기에는 과할 정도로 적막감에 깊게 물든 느낌이었다.

사람의 숨소리마저 들리지 않고, 인기척도 잡히질 않았다. 아드레안 내부에 자리한 치료실이건만, 그곳을 지키는 호위가 한 명도 없었다.

치료실을 호위하는 병력이 사라진 건 아니었다. 단지, 그 위치가 내부에서 외부 측으로 옮겨진 상태일 뿐이었다. 하지만 그로 인해 내부의 분위기가 극도로 음산해진 건 분명했다.

게다가 곳곳에 배치되어 있던 불길들도 상당부분 꺼져있었던 까닭에, 어둠이 더욱 짙게 느껴지기도 했다.

"슬슬, 올 때가 됐나."

침상에서 일어난 에던이 쭈욱 길게 기지개를 편 뒤, 가볍게 몸을 풀어나갔다.

대부분의 시간을 누워만 있다 보니, 아무래도 전신이 뻐근한 건 사실이었다. 그런 이유로 손님을 맞이하기 전에 간단한 기분전환이 필요한 것이다.

물론, 그 와중에도 여전히 오러 역류 현상은 지워지지 않았다.

'아직은 끝낼 때가 아니니까.'

좀 더 이곳에서 비비고 있어야 하기 때문에, 불청객들은 순수하게 육신의 힘만으로 상대해야 했다.

"…오랜만이네."

생각해 보면 애초에 그는 오러가 없이 순수한 육신의 힘만 가지고 진창을 굴러왔고, 또 그렇게 살아남았다.

오러 역류 현상을 유지하기 위해서 마기 역시도 끌어다 쓰지 않을 것이기에, 과거 그대로의 조건에서 몸을 써야 한다는 것이다.

하지만 어색하거나 두려울 건 없었다.

앞서 언급하였듯 그에게는 아주 익숙한 일이었고, 거기에 더해 레-그라자에서 크라이드만과의 수련 이후, 육신 자체적인 능력만으로도 이미 부족할 게 없는 영역에 오른 까닭이었다.

"상처입어도 맹수는 결국 맹수다."

에던은 혼잣말마냥 그리 중얼거리다 입구를 향해 시선을 돌렸다.

마치, 유령처럼 그곳에 나타난 의문의 방문객들이 보였다. 예상하고 있던 불청객의 등장이었다.

"한 밤중에 무슨 일로 찾아온 거려나?"

혼잣말 같은 물음이 끝났을 때, 방문객들이 일제히 검을 뽑아들었다.

'흠… 세 명이라.'

적은 숫자라고 여겨질 수도 있으나, 상대의 존재감은 결코 가볍게 여길 수 없는 수준이었다.

'하나같이 별에 닿아있는 놈들이 셋이라.'

문제는 이 병실 바깥에도 대기하고 있는 이들이 존재한

다는 것이다. 감각에 잡힌 숫자는 전부 열 둘, 눈앞의 세 명까지 더한다면 무려 열다섯에 이르는 강자들이 찾은 것이다.

만약에 그의 특별한 육신이 아니었더라면 어떻게 됐을까?

'쉽지 않았겠지.'

지금과 같은 상황에 저들을 막아내는 건, 아무래도 힘들었을 거라 여겼다.

'뭐… 일단 셋으로 간을 보겠다는 건가.'

그렇게 생각할 즈음, 앞서의 생각을 변경하는 상황이 발생했다.

파파파파파팍…

불청객들이 일제히 기운을 끌어올린 것인데, 지켜보던 에던의 동공이 크게 확장됐다.

'…초월자?'

별의 영역에 이른 초인의 기세가 그들에게서 터져 나온 것이다. 별에 닿은 게 아니라 이미 품었다는 것일까?

잠시 그 기세를 받아들이던 에던이 짧게 물었다.

"아무래도 판이 커질 것 같은데, 장소를 옮기는 게 어때?"

그 순간 불청객들의 기세가 흔들렸다. 당장이라도 달려들려던 그들이었으나, 이곳에서 사건을 일으켰을 때 발생할 후폭풍을 잘 아는 까닭이었다.

물론, 그들에게 명령을 내린 존재가 그런 건 신경 쓸 필요가 없다고 하기는 했지만, 한 차례 고민을 하기에는 충분한 제안이었다.

불청객 셋의 시선이 서로 교차되며, 짧게 눈짓으로 의견을 나누는 게 보였다. 그리고 이어지는 고갯짓에 에던의 긴장감이 슬쩍 풀어지려는 찰나,

사악…

세 줄기 붉은 섬광이 공간을 갈랐다.

"하… 이놈들 보게!"

어느새 허공으로 몸을 띄운 에던이 헛웃음을 터트렸다. 눈짓을 나누고 고개를 끄덕이는 부분까지, 그야말로 에던의 경계심을 흩어놓기 위한 연극이었다.

"연기력이 제법이네."

그리고 이내 몸을 빙글 돌려서 천장의 벽을 박차며 쏘아져 나갔다.

마치 화살처럼 떨어져 내리는 그의 속도였으나, 불청객들은 당황하지 않았다. 오히려 노련하게 몸을 움직여 에던의 궤적 속에서 빠져나갔다.

빠르지도 않았다. 말 그대로 노련할 뿐이었다. 한 걸음 혹은 한 걸음 반, 그 정도만으로 완벽히 에던과의 간격을 벌린 것이다.

그로 인해 저들의 실력을 엿보게 만들어줬다.

'제법….'

하지만 저들이 간과하고 있는 게 있었다.

별빛 너머에 이른 에던의 실력과 밑바닥의 진창을 헤쳐 온 그의 경험이었다. 간격 바깥에 자리하고 있지만, 병실의 크기를 생각한다면 아슬아슬한 거리감이 존재할 수밖에 없었다.

티잉…

마치 그런 소리가 들리는 것 같았다. 쏘아지던 화살의 중간부분이 제 멋대로 흔들리며 꺾이는 느낌이랄까?

에던의 몸이 한 줌 반동과 함께 급격히 옆으로 꺾이더니, 아슬아슬한 간격을 그의 것으로 만들어버린 것이다.

손과 발!

간격의 완성을 위한 선택지는 당연하게도 좀 더 긴 발이었다. 손을 화살과도 같던 속도를 통제하며 지면을 부드럽게 받치고 또 밀어내고 있었고, 발은 앞서의 반동으로 방향을 잡고, 손끝을 타고 이어지는 흐름을 받아들이며, 마치 춤을 추듯 부드럽게 허공에 곡선을 그려냈다.

까앙!

하지만 그 파괴력은 강렬함 그 자체였다. 검면을 들어 에던의 발차기를 막아냈던 불청객이 힘에 밀리듯 쭈욱 미끄러지며 그대로 병실 벽면에 등을 들이받았다.

웅… 웅… 웅…

검면의 울림이 조금 전 그 발길질의 파괴력을 말해주고 있었다.

하지만 아직 에던의 공격은 끝이 아니었다. 마치, 물구나무를 선 것 같은 자세로 손과 팔목의 그리고 허릿심을 통해 몸 전체를 빙글빙글 돌리더니, 그 회전력을 담아 또 다른 불청객을 향해 발을 뻗어낸 것이다.

그야말로 변칙의 극에 이른 것 같은 움직임이었다. 그들이 비록 아드레안의 일원이라고는 하나, 검술에만 능한 것이 아니라 체술도 적잖은 공부를 하고 또 마스터한 상황이었다.

당연하게도 그 안에는 손기술뿐만 아니라 발기술도 적잖이 들어 있기는 하나, 거기에는 이처럼 몸을 거꾸로 세운 채 발을 차올리는 동작 같은 건 존재하지 않았다.

물론, 저 멀리 어딘가의 부족이 이 같은 발차기를 하는 체술이 존재한다는 것 정도는 알고 있었지만, 직접적으로 배우거나 익힌 적은 없었다.

그들의 주 무기는 검술이었고, 체술은 말 그대로 보조적인 역할 정도가 전부인 까닭이었다.

낯설었기에 당황했다. 하지만 실수는 없었다.

까앙… 빠악… 팍…

검면으로 혹은 팔로 때로는 몸으로 어떻게든 에던의 발길질을 막아내면서, 그들은 최대한 침착하게 대응하고 있었다.

'역시!'

에던은 새삼 이들이 보통이 아님을 깨달았다. 특히, 그 기본기가 탄탄하다 못해, 완벽하다고 여겨질 정도였다. 당혹감을 드러내면서도 몸이 알아서 반응하고, 그러면서도 철저히 절제하는 자세를 이어나가는 게 그 증거였다.

앞서, 저들이 뿜어내던 별의 힘을 느꼈을 때, 문득 떠오르는 얼굴이 있었다.

[프레이!]

그녀 역시도 성녀의 힘을 통해, 별의 영역에 오르기 이전에도 별의 힘을 일부나마 표현하지 않았던가.

저들도 그와 같다는 생각이 든 것이다.

'어떤 방법을 쓴 건지는 모르겠지만….'

분명, 보통이 아니라는 건 확실히 알 수 있었다.

그리고 조금 전 짧은 격돌을 통해, 과거의 프레이보다 위에 있음을 인정했다.

'이런 놈들이 어디서 나온 거야?'

의문과 함께 아드레안의 저력 역시도 재차 실감할 수 있었다. 과거에도 이런 비밀스런 전력들과 마주한 적이 있지만, 이들은 그중에서도 단연 압권이었다.

과거의 만남은 '철저한 괴력'이었다면, 이들은 거기에 '탄탄한 실력'까지 더해져 있는 것이다.

그나마 비슷한 존재를 떠올리자면, 한 때 그를 위협한 적이 있었던 살아있는 시체, 팬텀이 그나마 근접하다고 여겼다.

하지만 이들은 '시체' 같은 게 아니었고, 그런 만큼 더욱 생생한 위협이 느껴지는 것이기도 했다.

쉽지 않을 상대들이었다.

'뭐… 어차피 소란을 피워야 하는 건 사실이니까.'

기왕이면 이들을 통해 아드레안의 상부에 그의 실력을 제대로 보여줄 생각이었던 만큼, 좀 더 제대로 된 공간에서 확실한 판을 벌리고 싶었지만, 이미 막은 열려버렸고 무대는 돌아가고 있었다.

"후우…."

가벼운 한숨과 함께 자세를 바로잡은 에던이 시선을 스윽 돌리며 불청객들을 돌아봤다.

"너희 셋만으로는 부족할 텐데, 기왕이면 자리를 옮기는 게 어떠냐?"

혹시나 하는 마음에 재차 물었고, 돌아오는 대답은 섬뜩한 칼질이었다.

'그럼 그렇지….'

에던이 입맛을 다시며 검광 속으로 몸을 던졌다.

❖ ✛ ❖

버서커!

전설이나 수많은 이야기 속에 심심찮게 등장하는 존재로써, 그 역할은 대개 드래곤이나 마왕과 마찬가지로 악역 전문이었다.

그리고 언급되었던 드래곤이나 마왕처럼 그 위치로 '절대적'이라 할 만큼 위험도가 높았다.

이는 즉, 그들의 강함을 표현하는 수치와도 같았다.

"미친 광기만 제어할 수 있다면… 초월자나 다를 게 없지."

트로간 기사단의 부단장 세인은 그들, 버서커를 떠올리며 작게 고개를 끄덕였다.

버서커의 전유물과 같은 '광기'를 제어하는 것!

그건 트로간 가문의 오랜 숙원과도 같았다. 그들에게 허락된 힘이었기에, 더더욱 그 힘을 통제하고 제어하여 온전한 초월의 괴력을 얻고자 함이었다.

"형님이야말로 그 오랜 연구의 결정체라 할 수 있지."

물론, 여전히 연구는 진행 중이었고, 꾸준히 발전을 이어나가고 있었으나, 현 시점에서 가장 '완벽'한 존재를 꼽이라고 한다면, 바로 그들의 가주인 사이람 아드레안이었다.

그 이전의 완성체는 전대의 가주였고, 그 이전 역시도 마찬가지였다.

갑작스런 그들의 독주에는 바로 이 '버서커'의 연구가 성과를 내면서부터라고 할 수 있었다.

그 이전에는 다른 검가와 마찬가지로, 그들 역시도 철저하게 '검가의 일원'으로써 살았고, 그 때문에 가주직을 놓치는 일도 적지 않았다.

하지만 버서커 연구가 제대로 된 성과를 낸 이후부터는 이야기가 달라졌다.

"아드레안은 트로간의 이름 아래 하나가 되는 거지."

사실, 오랜 과거에는 버서커에 대한 연구를 다른 가문과 공유했던 시절도 있었다. 하지만 이는 전부를 풀었던 게 아니었고, 당연하게도 실패라는 수순으로 이어질 수밖에 없었다.

트로간은 그렇게 버려진 연구 자료를 전부 끌어 모았다. 애초에 그리 되도록 조장한 게 그들이었기 때문이었다.

그들에게는 실패에 이른 과정이 필요했던 까닭이었다. 그들 트로간 홀로 감당할 수 없는 부분을 다른 네 가문에게 슬쩍 떠넘긴 것이다.

이는 적잖은 도움이 되었다. 간접적으로나마 실패의 과정을 전부 경험할 수 있던 것이다.

물론, 이후에도 실패는 거듭되었다.

"하지만 시간이 단축된 것도 사실이었지."

그 결과가 3대 전부터 드러났고, 지금에 이르러 결실을 맺고 있었다.

에던에게 보낸 열다섯의 버서커, 그들이 바로 그 증거였다.

'조심하는 게 좋을 거다. 용병의 왕이여….'

그들 열다섯은 '왕이 되지 못한 자'들이었다.

'한 때나마, 형님의 경쟁자였던 이들이니….'

임무의 성공을 믿어 의심치 않았다.

〈10권에 계속〉

원태랑 현대판타지 장편소설

NEO MODERN FANTASY STORY

북두
(주)좋은세상

인류 최고의 실력자 한성!
절대자에게 벗어나기 위한 최후의 싸움에서
동료에게 배신을 당한 채 죽음을 맞이하는 순간!

[패시브! 회귀 스킬 작동합니다!]

회귀 스킬로 인해 각성하기 전으로 돌아온 한성!
회귀 전의 스킬이 고스란히 잠재된 그의 스킬창.
탑재되어 있는 스킬을 사용하기 위해서
남은 것은 광속 렙업뿐!

절대자로 인해 거대한 게임의 세계로 변한
세상을 구원하기 위해
회귀 전의 실수를 하지 않기 위해
다시 시작하게 된 새로운 삶에서
고독한 그의 절대적인 행보가 시작된다!

회귀의
절대자

신분상승 가속자

철갑자라 현대판타지 장편소설

NEO MODERN FANTASY STORY

어느 날 갑자기 찾아 온 지옥같은 밤의 세계!
꿈이라 치부했던 현상이 다시 없을 기회로 찾아왔다!

밤에는 꼭대기 층을 알 수 없는 던전의 마물로
낮에는 돈없는 대한민국의 을로 살던 나에게
홀연히 찾아온 막강한 권능들!

[뫼비우스의 초끈을 습득했습니다.]

치열한 밤 세계의 서열이 올라갈 수록
그의 낮시간도 신분상승을 겪는데
낮과 밤을 엮어주는 뫼비우스 초끈과 미러 퀘스트로
비범하게 신분을 뒤바꾸어라!

그의 평범하기 그지 없던 밑바닥 신분이
걷잡을 수 없이 상승한다!

철갑자라 현대판타지 장편소설

[신분상승가속자]!